# QUAND DIEU BOXAIT
# EN AMATEUR

DU MÊME AUTEUR

Fils du feu, Grasset, 2016.

GUY BOLEY

# QUAND DIEU BOXAIT EN AMATEUR

*roman*

BERNARD GRASSET
PARIS

Photo de la bande : JF Paga.

ISBN 978-2-246-81816-8

Tous droits de traduction, de reproduction et d'adaptation
réservés pour tous pays.

*© Éditions Grasset & Fasquelle, 2018.*

*— Je veux être mon père.
Les autres se moquaient de lui.
— Qu'est-ce qu'il a fait, ton père ?
— Un tas de choses.*

Jorge Amado,
*Bahia de tous les saints*

*À Chloé Poussin et Françoise Curien*

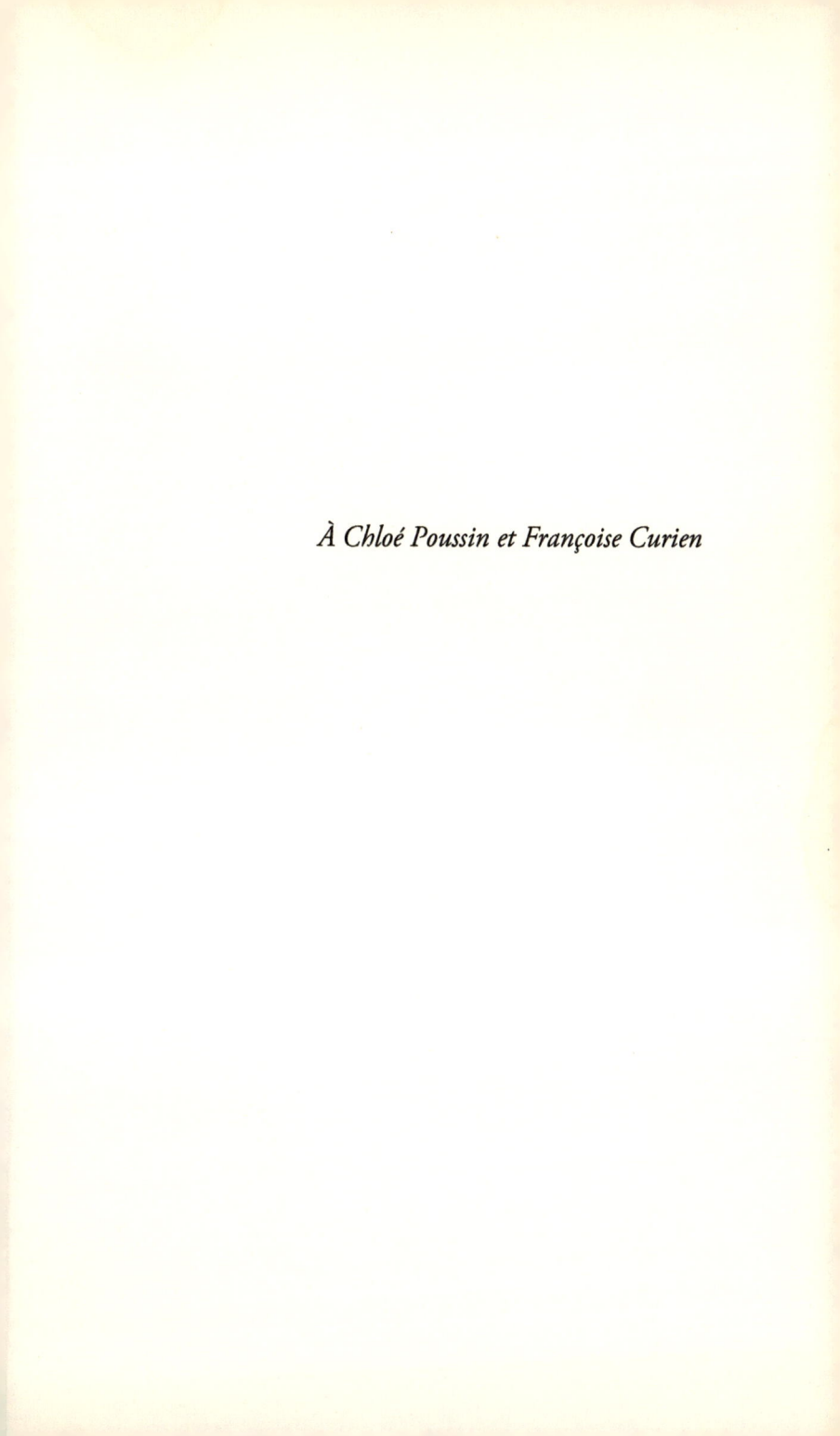

I

1

Besançon est une petite ville de l'est de la France qui, sous ses airs de ne pas y toucher, n'en est pas moins capitale de la Franche-Comté et de l'horlogerie, préfecture du Doubs, chef-lieu d'un arrondissement composé de treize cantons et de trois cent onze communes, ville natale de Victor Hugo et des frères Lumière mais aussi, excusez du peu, capitale de l'ancienne Séquanie, connue alors sous le nom latin de *Vesontio*, cité qui fut, en cette époque barbare, une ville pilote d'envergure puisqu'elle possédait déjà, bien avant l'invention du tourisme, un sens inné de l'hospitalité. Des hordes d'envahisseurs portant la hache, la masse d'arme ou l'espingole en guise de caméscope la visitaient régulièrement et laissaient, dans le gris-bleu de ses pierres, stigmatisés, gravés, burinés ou ciselés, quelques indices de leurs passages qui constituent ce que l'on nomme en une formule quelque peu pompeuse : *la longue et douloureuse histoire de la cité.*

Plaquée au creux d'une cuvette naturelle comme l'est une pâte feuilletée dans le fond d'un moule à tarte, la ville est close par un couvercle caparaçonné de toits ocre, aux tuiles serrées et aux cheminées hautes que maintiennent et soutiennent des maisons relativement basses habitées par d'honnêtes commerçants, des pharmaciens aisés plus ou moins bovarystes, de respectables docteurs et d'éminents notaires, sans omettre, bien sûr, militaires et curés qui occupaient jadis casernes et églises, leurs bâtisses imposantes obstruant encore, à ce jour, la partie la plus antique et dénommée romaine de la susdite cuvette.

Un fleuve en forme de lyre, *le Doubs*, sertit comme un bijou ce bouclier de toitures et d'âmes subséquemment nommé *centre-ville*, où grouillent, jours fériés et chômés, des badauds dont l'activité maîtresse consiste à arpenter les deux ou trois rues commerçantes et à s'extasier devant leurs luxuriantes vitrines, aquariums du désir frustré où des chaussures neuves, poissons de cuir inertes sur fond de velours rouge, se contemplent par paires dans le blanc des œillets.

Quelques ponts, dont les ingénieurs respectant le cahier des charges ont privilégié la robustesse au détriment de l'esthétique, permettent de traverser le fleuve et d'accéder aux quartiers périphériques qui, s'éloignant progressivement de l'épicentre, vont du plus huppé au plus populaire.

C'est précisément dans l'un de ces quartiers d'ultime catégorie que nous nous trouvons actuellement, un peu plus haut que la gare Viotte, entre la cité des Orchamps et la cité des Parcs, à la frontière du quartier des Chaprais et du dépôt, loin des vitrines et des godasses, loin des rupins et des bourgeois, des militaires et des vicaires, en bordure d'une espèce de no man's land formé par un amas de traverses, de hangars et de rotondes où sont entreposées les locomotives qui ne roulent pas et celles qui ne roulent plus.

Au pied de ces ferrailles aux ronces entrelacées, s'élève un bâtiment trapu et court sur pattes qui fut jadis coquet et que tous appelaient : *l'hôpital du quartier*. On y faisait de tout, deuil et maternité. C'est là qu'il vit le jour, René Boley, mon père, le 3 mai 1926, entre les rails et les wagons, les tenders et les tampons, dans les panaches bleutés de leurs lourdes bouzines aux déchirants sifflets.

Ce quartier fut toute sa vie, sa seule mappemonde, sa scène de théâtre, son unique opéra. Il y grandit, s'y maria, procréa. Ne l'aurait pas quitté pour toutes les mers du globe et leurs îles enchantées.

Il y passa sa vie, sa vie de forgeron, y aima l'enclume, la boxe et l'opérette. Et le théâtre, par-dessus tout.

Fidèle à ses amours, attaché à sa terre, aux pierres et aux amis, aux fumées qui mouraient et aux rails qui rouillaient, il rendit l'âme, le 8 octobre 1999, dans ce lieu ferroviaire où le destin la lui avait offerte : *l'hôpital du quartier.* Ce dernier avait beaucoup vieilli ; mon père aussi ; ils étaient quittes.

Toujours est-il, pierres ou chair délabrées, qu'il mourut dans le même bâtiment que celui qui l'avait enfanté et, si l'on en croit les indications inscrites dans le livret d'état civil : presque à la même heure.

Distance entre le lieu de sa naissance et celui de sa mort : trois étages.

2

Mon père mourut ainsi quasi à la verticale du lieu qui l'avait vu naître. Trois étages au-dessus. Chambre numéro 317. Il y était entré en urgence, la veille, le 7 octobre à vingt-deux heures. On retrouva son corps mort au petit matin, couché à plat ventre, la joue sur le carrelage.

On ignore s'il chut du lit durant son sommeil ou s'il tenta simplement de se lever seul malgré son hémiplégie, s'il cherchait à fuir, à boire un verre d'eau fraîche, à attraper un rêve, la sonnette de garde, ou à mourir debout. On sait seulement qu'on le retrouva comme ça : pas encore froid, mais déjà mort, entre la chambre et la salle de bains, le buste sur le carrelage, les jambes sur la moquette, la peinture de la porte légèrement griffée par le bout de ses ongles.

Son corps était couché en *décubitus ventral*, précisera le médecin. Une de ses joues à l'aplomb de la cuvette du lavabo. On l'a alors, je suppose, porté ou glissé depuis la salle de bains jusqu'au centre de la chambre, puis soulevé et remis sur le lit. Ils ont dû s'y prendre à deux. Peut-être davantage. C'est lourd, un corps mort, trop lourd pour un homme seul.

Bien des années plus tard, lorsque j'aurai acquis suffisamment de courage pour parvenir à supporter l'idée du corps de mon père mort soulevé par deux manutentionnaires et remis sur un quelconque matelas d'hôpital, me viendra immédiatement en tête l'image d'un cachalot échoué, d'un cétacé quelconque, bestiau flasque et pesant que l'on balance à l'équarrissage, par-dessus le bastingage, en l'occurrence, ici, l'armature de son lit.

Histoires marines et sous-marines, retour aux roches et au néant, poussière redeviendra poussière, de l'utérus à l'océan. Elle a dû ressembler à ça, la mort de mon père : à un naufrage parmi tant d'autres, un pétrolier se déversant non loin des côtes, avec les cormorans aussitôt mazoutés, les goélands flapis, le tanker éventré qui pisse son content d'hydrocarbures, la mer qui devient noire, une grande flaque de nuit qui recouvre la moquette, les rivages qui s'encrassent, le sable sous la langue, les ongles qui griffent et strient légèrement la peinture vert pâle de la porte de la salle de bains.

Oui, elle a dû ressembler à ça : à une grande solitude océanique, morne et triviale, la joue sur le carrelage, le corps sur la moquette. Et le vide sidéral de toute sa vie passée l'aspirant dans cette indignité.

# 3

Ce fut au début des années 90 que mon père fit son premier accident vasculaire cérébral. Il était alors âgé de soixante et quatre années. Il devint hémiplégique et perdit l'usage de la parole. Il la recouvra toutefois, au fil des ans, et parvint à remarcher, plus ou moins bien, en conservant, à portée de main, une béquille ou un fauteuil roulant.

Le jour de son AVC, on l'emmena dans le nouvel hôpital, pas celui dans lequel il mourra quelques années plus tard mais dans l'autre, le grand, le neuf, larges vitres, béton bien lisse, lino vert et couloirs bleus ; au sixième étage. J'avais alors trente-huit ans et j'allais le voir tous les soirs. Impotent, incontinent, alité, pyjama baissé et sexe à l'air. Je mettais, autour de sa verge, une petite capote, enveloppe caoutchoutée reliée à un tube en plastique descendant ses urines dans une sorte de sac, jusqu'à ce qu'on lui implante, ou greffe, la poche et son tuyau. Je peinais parfois à l'enfiler. Je rougissais souvent, lui ne disait jamais rien ; je n'osais pas croiser son regard gêné, mais il préférait mes doigts à ceux d'une infirmière. Quand on a été tout à la fois père, champion de boxe et Jésus amateur sur la scène d'un théâtre paroissial, on ne se laisse pas manipuler la bite par la première cornette ou aide-soignante venue. On confie ça à son fils, le raté de la famille, lequel bosse comme maçon mais se pense écrivain et qui, en attendant la gloire, prend l'air dégagé et serein en tenant en ses mains, avec une dévotion ostentatoire, la *pater dolorobite* comme s'il s'agissait d'un crucifix.

Après avoir enfilé la capote et vérifié que le tuyau tombait verticalement dans le récipient congru, je remontais le drap et l'on restait assis, lui dans son lit, moi sur ma chaise. La nuit s'installait sans faire beaucoup de bruit, les lumières de la ville se prenaient pour Chaplin, des automobiles silencieuses pointillaient l'espace à coups de phares, de clignotants et lucioles jaunes, orangés et bleutés. C'était joli, depuis la fenêtre du sixième, tout ce petit monde qui rentrait au bercail à l'issue de la journée. Puis je posais une main sur le dessus du lit, à côté de la sienne. On aurait fait une photographie de nos deux mains que l'on n'eût pas distingué laquelle était la sienne, laquelle était la mienne, hormis peut-être d'infimes tavelures trahissant l'âge. Elles étaient identiques, fines, fortes et fuselées, mains de statues marbrées aux veines saillantes où se dessinaient, sur l'avers de nos paumes, des cartographies en relief, des Amazone épaisses, de beaux fleuves onduleux, bosselés, d'un étrange bleu-vert. De jolies mains d'hommes tannées par le travail manuel et les lourds sacs de frappe.

À l'issue d'un temps indéterminé, le soir et la fatigue tombant, les paupières plombées par la chaleur et par le silence de cette chambre insonorisée et comme toutes surchauffée, je ne savais plus très bien de ces deux mains laquelle appartenait à qui. Mystère de la matière, de nos viandes, de nos naissances, de nos enfantements, de ces milliers d'atomes qui tissent un fragment de peau, couleur, odeur et texture comprises. Je me savais son fils, né de sa sueur, de son courage, de son esprit entreprenant, d'une grande part d'inconscience et de quelques gouttelettes chues de son entrejambe.

Mon père fréquemment, à cette heure, s'endormait. Je posais alors, profitant de son sommeil, une de mes mains sur une des siennes, cherchant dans l'énigme de nos doigts emmêlés une trace adamique. Car c'était lui, mon père, qui fut tout à la fois mon premier homme, ma première parole, ma première étincelle et ma première aurore.

Ma peau caressait sa peau. Mes yeux parfois pleuraient. Avant qu'il ne s'endorme, je n'avais pas trouvé grand-chose à lui dire, sinon lui demander s'il voulait que je lui remonte son oreiller, s'il désirait encore un peu de yaourt ou s'il avait fini ses mots fléchés.

Dans nos doigts fusiformes liés et alanguis reposait quelque chose comme Dieu, ou l'idée qu'on s'en fait, c'est-à-dire notre amour, son amour paternel et mon amour filial. Mais de tout cet amour personne ne disait rien.

Ni lui.

Ni moi.

Seules quelques autos, en bas, klaxonnaient.

4

Lorsque j'étais enfant, il arrivait que le Théâtre municipal de Besançon embauchât mon père, gymnaste et boxeur amateur, pour des petits rôles de fantaisiste, aussi rares que furtifs. De ces rôles de passage que l'on nomme, dans le jargon du spectacle, des utilités : Hercule en jupette, acrobate chinois, portefaix mandarin, bourreau médiéval, clown pékinois ou simple hallebardier. Je me souviens d'un opéra nommé *Faust*, de Gounod Charles – c'était écrit dans le programme sous cette forme-là –, dans lequel il apparaissait vêtu d'une sorte de collant intégral, rouge feu, visage cagoulé, oreilles pointues et yeux de braise, collant qui le moulait avec une impudeur incongrue, d'autant que le costume possédait, à hauteur de ses fesses, une queue de tissu, fourchue à son extrémité. Mon père à queue de Satan, dissimulé par un rocher en carton-pâte, surgissait alors, c'est le cas de le dire, tel un diable de sa boîte, propulsé par je ne sais trop quels mécanique à ressorts ou trampoline miniature. Une fourche à la main, il bondissait pardessus le ténor, se réceptionnait grâce à une roulade de judoka ou de parachutiste, sautait à pieds joints grotesquement, façon Marsupilami, et disparaissait en coulisses en petits bonds simiesques. J'avais, je crois, un peu honte de lui.

Un peu plus tard, chez nous, à la maison, cherchant manifestement à imiter les artistes du Théâtre municipal qui nous venaient de Paris et qu'il ne faisait que côtoyer le temps de quelques galipettes sans que ceux-ci fassent le moins du monde attention à lui, il se mit à monter, pour les voisins du quartier, la plupart ouvriers d'horlogerie et cheminots du dépôt, de modestes opérettes, avec ma mère son épouse. Ils chantaient bien, tous deux, timbres clairs, voix pures et veloutées, et ce, de façon totalement innée, sans n'avoir jamais rien appris des notes ou de leurs portées.

Maman revêtait une robe de chambre ornée de vastes fleurs orangées, papa se maquillait à l'aide d'un crayon gras, pour faire toréador, conquistador, imperator ou fils de Thor, et, vinyles à l'appui, ils s'embarquaient ensemble pour une heure de duos extraits d'un certain nombre d'opérettes triées sur le volet. Le public, ravi, applaudissait ; on ouvrait à l'issue de la représentation quelques bouteilles de vin mousseux que tout un chacun avait apportées, on grignotait des petits gâteaux, c'était jour de fête, bénie soit la musique et *Viva Mexico* !

Il aurait pu s'arrêter là, demeurer le Luis Mariano d'une poignée de cheminots aficionados, ne rien faire d'autre que jouer dans sa cuisine entre chaises et fourneaux, en remerciant le destin de l'avoir créé chanteur, acrobate et acteur, forgeron et boxeur. Mais la gloire l'attirait comme l'aimant la limaille. Une gloire à sa mesure et à celle du dépôt ; la grande gloire des humbles, celle qu'on ensevelit dans un suaire de quartier périphérique, loin des godasses et des notaires.

Je n'ai compris cela qu'après. Il faut que les gens meurent pour que leur linceul devienne ce palimpseste où leur vie fut écrite avec leur destinée, et non avec celle qu'on leur avait, de leur vivant, forgée. Car quand papa, acmé de sa vie d'artiste, avait interprété, aux alentours de sa trentième année, sur la scène étriquée de la salle paroissiale du quartier des Chaprais, le rôle de Jésus dans un spectacle qui s'intitulait *La Passion de Notre Seigneur Jésus-Christ*, je n'y avais décelé qu'orgueil et badinerie, bondieuserie de province, soumission aux dogmes, narcissisme benêt d'un adulte mal équarri. J'avais rangé cela dans une malle d'osier tout au fond du grenier, entre ses jouets d'enfant, son aube de communiant et ses médailles sportives. Jusqu'à ce que, en un matin maussade de spleen et de vague à l'âme, me revienne ce poème d'école qu'on apprenait par cœur et dont même mon père connaissait le début qu'il aimait réciter aux repas de famille, ne pouvant se retenir de contrefaire le pitre, tout en mimant les vers :

*Mon père, ce héros au sourire si doux,*
*Suivi d'un seul housard qu'il aimait entre tous*
*Pour sa grande bravoure et pour sa haute taille,*
*Parcourait à cheval, le soir d'une bataille,*
*Le champ couvert de morts sur qui tombait la nuit.*

Là, soudain j'ai compris que mon père, malgré sa balourdise, était ce héros-là, construit du même bois. Et que s'il jouait Jésus sur une scène paroissiale, à chaque période de Pâques, ce n'était qu'afin, lui aussi, de parvenir à chevaucher les morts. Les morts qu'il n'était pas et ne serait jamais. Tous ces morts potentiels qu'il était parvenu à vaincre de son vivant.

J'en eu les larmes aux yeux. Je venais de réaliser que mon père n'était pas qu'un artiste amateur, avec tout ce que ce terme comporte fréquemment de mépris, de suffisance et de ricanements. C'était un véritable artiste. La vie l'avait taillé pour ça, mais pas son destin, la première se chamaillant fréquemment avec le second en faisant payer aux hommes les pots cassés de leurs sottes divergences.

Après sa mort, je découvris dans un tiroir de l'atelier où il rangeait d'ordinaire ses grosses mèches à béton, un petit carnet sale, couvert de traces de graisse, de charbon, de minium et de limaille de fer. On sentait qu'il avait roulé de poche en poche, de saisons en saisons. Couverture cartonnée, bleu foncé, écrit de chaque côté, à l'envers, à l'endroit, comme si le carnet possédait deux entrées bien distinctes. Côté pile – nommons-le ainsi –, il était écrit, calligraphié scolairement, à l'encre violette, en pleins et en déliés d'où ruisselle la sueur de l'élève appliqué :

*Les chansons que je connais par cœur.*

Et à l'intérieur, effectivement, on les trouve recopiées. Non pas les paroles, juste les titres. Ils n'y sont manifestement pas tous, plusieurs pages ont été découpées au cutter, et d'autres arrachées. On parvient cependant à y lire ceci :

« Je veux t'aimer », « Loin de mes amours », « Andalucia mia », « Ce soir mon amour », « Mon amour est en voyage », « Maria-Luisa », « M'amour je t'aime », « Baisse un peu l'abat-jour », « Toujours sourire », « Un cœur pour deux », « Étoile des neiges », « L'amour est un bouquet de violettes », « Tu m'as volé mon cœur », « L'amour est enfant de Bohème », « J'ai deux amours », « Vous qui passez sans me voir », « Nous, les amoureux », et bien d'autres encore qui parlent toutes, on l'aura compris, peu ou prou, d'amour : amours gagnées, amours perdues, amours volées ou bien rendues, amours données et puis vendues ; quoi qu'il en soit d'amour toujours.

En retournant le carnet, côté face, on peut découvrir, écrits petit, serré, proprement alignés à raison d'une vingtaine en moyenne, par page, entre trois et quatre cents mots manifestement recopiés dans le dictionnaire, avec leur phonétique et leur définition. Des mots qui ne servent pas, des mots qui n'ont plus cours ; et de très vieux, quasiment neufs, qui semblent n'être jamais sortis de leur emballage. Des mots comme des anguilles qu'on ne sait par quel bout attraper. Pages des E, par exemple : *ectropion, empyreume, éphorie*. Mots que personne n'emploie, hormis, peut-être, quelques étrangers studieux, pénétrés et conquis par la langue de Voltaire, de Proust et de Montaigne, qu'ils ont découverte de la même façon que la petite Bernadette Soubirous rencontra la Vierge Immaculée en la grotte de Massabielle, et à laquelle ils portent, les uns entre les lignes, les autres au pied des cierges, semblable dévotion.

En dessous de ce fatras de phonèmes inouïs recopiés à la chaîne et classés par ordre alphabétique, on peut lire, étonné, sans aucun préambule, indication ou rupture, ce poème, ou peut-être chanson :

## L'OPÉRETTE DU DÉPÔT

*Tu n'es pas, ô Dépôt, un palais des merveilles !*
*En ton sein, pas de fées, dans tes faits, pas de saints !*
*J'entends, dans tes rotondes, bruire quelques abeilles :*
*Sont-ce les cheminots qui forment cet essaim ?*

*J'ai vu, dans tes entrailles, périr des cheminots,*
*Faut-il qu'on soit toujours pareil à du bétail :*
*Arroser de not' sang et payer de nos os*
*Les traverses de bois qui supportent les rails ?*

*Je te chante, ô Dépôt, comme on laboure une terre,*
*Mais ne tue pas nos hommes ! Ne deviens pas une chienne*
*Qui planterait ses crocs dans la main nourricière :*
*Garde le cœur d'un ange, ne sois pas bête humaine !*

Aux pages suivantes, quelques idées d'opérette, voire de dramaturgie ; des choses en vrac, griffonnées à la va-vite, comme un qui réfléchit et prend ses notes avant que ça ne lui échappe. S'ensuivent des schémas, des croquis, des notules, des dessins de décor, maladroits, esquissés au gros crayon de maçon.

Puis, à l'ultime page, on découvre ceci :

### Refrain

*L'amour, comme dit un proverbe de l'Oural,*
*Est parfois plus rapide que la morsure du crotale.*

*L'amour, comme dit un proverbe japonais,*
*Est souvent plus lourd qu'une fleur de cerisier.*
*Mais l'amour le plus beau,*
*C'est l'amour du Dépôt.*

Je doute que mon père ait écrit tout cela seul. Il n'était guère doué pour les poèmes et bluettes. Il avait des idées, des envies, des passions, il connaissait par cœur des centaines de chansons mais il ne possédait, à ma connaissance, voire certitude, absolument aucun don littéraire.

Je sais, par contre, qu'au sein de la paroisse, il existait un homme, modeste employé de banque, plutôt humble et discret, ratatiné sur lui-même, petite ombre sympathique s'excusant d'exister, qui écrivait, en cachette, de la poésie. Il avait accepté, sous la pression populaire – car tout finit par se savoir, dans un quartier –, d'en publier quelques-uns dans la revue qu'éditait, ronéotypée sur un papier verdâtre, le père curé d'alors, revue qui se nommait benoîtement : *Le bulletin hebdomadaire de la paroisse Saint-Martin des Chaprais*.

Ses poèmes, au poète-banquier, étaient de la même facture que ceux retrouvés dans le carnet. Peut-être que mon père lui avait soumis les grandes lignes générales et que le petit Pessoa des Chaprais s'en était inspiré pour lui plaire. Et sans doute projetaient-ils tous deux, véritablement, avec ce sérieux enfantin que possèdent les naïfs et les malhabiles, d'écrire une authentique opérette dont le héros n'eût été autre que notre dépôt. C'eût été, en tout cas, une idée de génie. Un spectacle enfin à hauteur de nos corps, à hauteur de nos cœurs. Une idée plus accessible et lumineuse que tous les Mexico du monde, toutes les fleurs de l'Oural et celles de cerisier, qu'elles vinssent du Japon ou des cheveux de jais d'une belle de Cadix.

En comprenant cela, mon cœur se mit à battre. J'ignorais que mon père avait des rêves si grands. Toujours on sous-estime les gens qu'on aime trop, ou ceux qu'on aurait dû aimer encore bien davantage. Quelque grandiose qu'ait pu être notre ferveur pour eux, on découvre après coup, l'ayant crue colossale, qu'elle fut au bout du compte assez mièvre, étriquée, déficiente. Comment l'empêcher ? On ne peut tout de même pas toujours se crucifier pour prouver à autrui qu'on l'aime encore bien plus que notre propre vie. Laissons ça aux messies, c'est un peu leur métier.

C'est ce petit carnet, madeleine proustienne aux effluves de forge, qui me contraignit à renfiler un short. Pas le mien : le sien. Et pas seulement celui de son enfance, mais celui de sa vie, celui qu'il porta, sans bien s'en rendre compte, du berceau au tombeau.

Mais qu'en savais-je vraiment, de son pays d'enfance dont je n'avais reçu, de la bouche des anciens, que de rares ondées comme fleurs qu'on arrose ? Il me faut désormais le recoudre, ce passé déchiré, assembler pièce par pièce le manteau d'Arlequin, puis frapper les trois coups pour que le rideau s'ouvre et que sur les tréteaux, glorieux et souverain, apparaisse cet homme que je pourrai sacrer : mon père ce héros. Mon roi d'éternité.

II

1

« Tu me fais le plein ?
— Oui, maman. »
Il obéit, mon père. Pas le choix. Avec sa mère, on ne discute pas. Il referme son livre, se dirige vers le placard, enfile sa tenue de protection, un tablier de sapeur qui lui tombe aux genoux, descend l'escalier de bois, traverse la cour, longe le muret qui mène à la cave, descend l'escalier de pierre, se saisit du seau à charbon pendu à un croc, se dirige dans le fond de la cave, pas besoin d'y voir clair, il connaît tout par cœur, prend la pelle à charbon, excavée, manche en buis, emplit jusqu'à ras bord le récipient de boulets ronds, sort de la cave, remonte dans la cuisine, vide son contenu dans la caisse en bois qui jouxte le fourneau, redescend à la cave, remonte à la maison, redescend à la cave, remonte à la maison, et à l'issue d'encore deux ou trois voyages, la caisse se trouve emplie de ces petits boulets de charbon, pas si ronds que ça, en fait, plutôt

en forme d'œufs dont il cherche à savoir, dans sa tête, si on les dit ovaux ou ovales. Puis redescend, repend le seau, ramasse avec la balayette la suie volage qui a déposé quelques vêtements de deuil sur le palier, les escaliers et le parquet ciré, frotte son tablier, l'enlève, remonte, le repend, et, enfin, s'assied à table, à sa place, et se remet à lire.

Juste en face de lui, sur le buffet en bois ciré – tout est ciré ici : parquet, chaise, table, lustre, guéridon, sa mère cirerait même les boulets de charbon si elle en avait le temps –, une photographie de feu son père, qu'il n'a pas connu, prise le jour de la Sainte-Cécile (patronne des musiciens), enchâssée dans un cadre en bois (ciré). Il y apparaît en tenue d'apparat, dans un uniforme semblable à ceux que portent ses collègues de l'harmonie municipale avec lesquels on le voit donner une aubade à un nombreux public assis autour de ce charmant kiosque à musique que l'on peut encore admirer dans le jardin fleuri de la promenade Micaud, en bordure du Doubs, à peu près en face de l'île aux Moineaux. Sur la photographie, ils sont entre soixante et quatre-vingts, dur de compter, vêtus d'uniformes à brandebourgs, assis sur des chaises pliantes. Au-dessus de son père, pour indiquer qu'il s'agit bien de lui, une minuscule croix a été tracée à la plume. Comme la photographie a été prise de loin, on ne voit pas grand-chose. À l'aide d'une loupe, on constate qu'il tient un cornet à pistons à l'horizontale et que le pavillon de l'instrument lui masque le visage ; les autres musiciens ne sont guère plus reconnaissables, et feu son père n'est somme toute qu'un point parmi ces points. Sans visage, sans musique ni lumière. Mon père n'en sait pas davantage sur le sien et, allez, ne soyons pas avare de nos misérables petits secrets, lâchons le morceau tout de suite, n'en saura jamais plus. Sa mère, semblable à ces fauves névrosés qui effectuent sans cesse le même parcours à l'intérieur de leur cage, ne sait dire qu'une phrase, rigoureusement la même, qu'elle répète jusqu'à en élimer les mots : « Paf ! Écrasé entre deux wagons, comme une crêpe, le pauvre ! », gestes à l'appui, toujours les mêmes, façon automate de limonaire : elle écarte solennellement les bras, laisse à l'auditoire la liberté d'imaginer un wagon à main gauche, un wagon à main droite, et elle les referme prestement. L'invisible mouche claquée par les cymbales du néant, c'est le géniteur, « Paf ! Écrasé entre deux wagons, comme une crêpe, le pauvre ! ».

Tout ce qu'il possède de son père — nommons cela héritage, faute de mieux — est donc là, ramassé sous ses yeux vides : une photo dont on a pu juger l'indigence, et, à sa verticale, au sommet du buffet : le cornet à pistons, vénéré comme une relique. Chaque douze du mois (il est mort un douze), elle le démonte entièrement, dévisse tous les pistons qu'elle extrait de leur gangue métallique, souffle à l'intérieur, crache dessus avec parcimonie, les frotte à l'aide d'un torchon affecté à cet usage, les lubrifie au moyen d'une espèce de burette sur laquelle il est écrit « Huile pour machine à coudre », brique jusqu'aux ressorts, remonte l'ensemble. Toujours dans un silence d'obsèques. Sauf lorsqu'elle souffle dans l'embouchure afin d'en enlever la poussière qui ne l'obstruait pas : il en sort souvent un vilain *pouêt*, une sorte de pet graveleux à l'émission duquel il n'est guère recommandé de rire, ni même de simplement sourire. Une fois cette quincaillerie nettoyée et remontée, elle range le cornet à pistons dans l'étui de cuir noir (transfert psychanalytique et miniature du fatal cercueil), le cire jusque dans sa poignée, et range l'ensemble là-haut, dans le rectangle de pureté qu'il occupait au milieu de l'absence de poussière (cirée). Pour clore cet obit solennel et païen, elle se sert un verre de goutte en affirmant à qui veut bien l'entendre – pas grand monde en fait – que son mari avait la musique dans le sang, et qu'il fallait voir comme ses doigts tricotaient sur l'instrument. Puis, elle ajoute que, s'il n'était pas mort si jeune, elle mettrait ses deux mains au feu qu'on l'entendrait à présent dans le poste de radio. À noter qu'elle peut mettre ses deux mains au feu sans problème, mon père vient de remplir la caisse à charbon de petits boulets ovales (il a fini par trancher, ovaux lui paraissait suspect).

Il lit beaucoup, mon père. Quel âge peut-il avoir ? Entre quatorze et quinze. Disons quatorze et demi, et elle n'aime pas ça, sa mère, les livres ; elle dit que ça vous zigouille les méninges et que ça abîme les yeux ; les histoires inventées, elle les nomme *des romances de gonzesses*. Raison pour laquelle elle l'a inscrit, au début de l'année, au club de boxe, pour faire de lui un homme. Elle a hésité entre ça et la fanfare municipale, et a choisi la boxe, pas envie que lui aussi finisse paf-entre-deux-wagons-comme-une-crêpe-le-pauvre, même si ça n'a rien à voir, la musique et la mort, l'une ne provoque pas l'autre. Mais avec le destin, elle le sait d'instinct : il faut prendre des pincettes.

« T'as pas encore fini, avec tes conneries de lecture ? Allez, lâche-moi ça, et file, va prendre l'air !

— Oui, maman. »

Il referme son livre, enfile son gilet de laine beige, descend les escaliers, sort, longe le muret et va s'asseoir sous le linge qui sèche. Il adore ça. Son fils en héritera, de son amour des draps.

Il joue avec quelques pinces en bois, rêvasse, empoigne un de ces maillots de corps bleutés que l'on nomme marcels, le change de place, le troque contre un corsage, s'amuse à dépendre ce qui sèche pour le rependre ailleurs, ordonnant à sa guise matières et couleurs, faisant alterner chaussettes grises et boléros jaunes, imaginant des associations qui lui sont symboliquement agréables, un oreiller et des gants de toilette pendus côte à côte parvenant, par exemple, à symboliser l'alliance de la nuit et de l'aube.

Il aimerait demeurer ainsi jusqu'à la fin des jours, dans le grand silence de la lessive qui sèche, s'épargner la pesanteur des ans et la lourdeur des autres, et cesser de subir ce monde qui lui paraît déjà beaucoup plus dangereux, plus sombre et plus pesant qu'une forêt d'enclumes.

Hier, par exemple, ça n'est qu'anecdotique mais c'est toujours ainsi, c'est souvent un détail que la loupe de l'âme transforme en archétype. Un petit voisin de la cité des Orchamps, gamin arrogant, prétentiard, qu'il n'aime pas plus que ça, et qui toujours vivote le cul entre deux blagues afin de jouer à l'adulte, est venu à ses côtés, mâchant une boule de gomme, et, l'air un rien filou, lui a dit :

Le voisin : Au fait, l'orphelin, tu sais ce que ça veut dire S.N.C.F. ?

Mon père : Ben oui, forcément : Société Nationale des Chemins de fer Français.

Le gosse : Pas du tout, pauvre tache ! Ça veut dire : Savoir Nager Comme Fernandel.

Et le gosse d'éclater de rire. Mon père, pas du tout.

Le voisin : T'as compris ou t'as rien capté ?

Mon père : Oui, j'ai compris.

Le voisin : Alors pourquoi tu rigoles pas : tu la connaissais déjà ou t'es trop con pour vraiment la comprendre ?

Il ne la connaissait pas, et c'est moins le manque d'efficacité de ce redoutable calembour qui l'afflige, que le peu d'absolu qu'il porte en lui. Qui, dans moins d'un demi-siècle (mis à part une vieille gardienne de chèvres cévenole vivant son éternelle lune de miel sous un ciel de plus en plus pollué, entre une T.S.F. à galène et un pâtre nonagénaire dont la main rugueuse lui distillera son content de tendresse), qui, se demande-t-il, se souviendra encore de Fernandel ? On a certes le droit de bâtir sur du sable, répond-il à l'intrus, mais pas des pitreries, rien que des pyramides. Et l'autre de partir en le traitant de péteux, et lui mettant une baffe.

Pas grave. C'est un artiste, mon père, il est né comme ça et il n'y est pour rien : sensible, créateur, naïf, orgueilleux, entêté, innocent, fragile et responsable. Sans doute un médecin de l'âme trouverait-il des raisons œdipiennes à son extrême sensibilité, dans le creuset du père absent, par exemple. Peut-être n'aurait-il pas tort, car son père lui manque terriblement. Il ne l'a pas connu. Il sait seulement qu'il soufflait quelquefois dans une sorte de trompette au sein de l'harmonie municipale et qu'il fut écrasé paf-entre-deux-wagons-comme-une-crêpe-le pauvre. La figure paternelle, condensée à l'extrême, pourrait ressembler à cela : un peu de vent, et un corps plat comme une image. Une véritable aubaine pour un psychanalyste.

Il rêve fréquemment d'un père artiste, Apollon du dépôt, ouvert et débonnaire, lui apprenant depuis son trône comment poser ses doigts sur les petits cylindres du cornet à pistons qui montent et qui descendent afin que l'air circule et engendre des notes, arias, musiques et chants, c'est-à-dire avant tout, des océans de paix, des mondes parallèles où tout n'est que luxe, calme et volupté, comme l'écrivait Baudelaire qu'il ne lira jamais.

Il aurait bien aimé grandir entre un père mélomane, souverain des cantilènes et roi des harmonies, et une mère un peu moins rocailleuse, moins lapidaire, faite davantage de mousse, de lichen et d'eau de source, connaissant la cadence, la danse et le contrepoint. Il aurait bien aimé, aussi, posséder quelques frères, et surtout quelques sœurs pour danser à la ronde, jouer à la marelle et même se chamailler pour un bonbon rosâtre ou un morceau de biscuit. Mais il sait que les rêves n'enfantent que chimères, et les chimères des trous au creux de l'estomac, raison pour laquelle il s'ébroue, renonce à ses fantasmes et décide, plein d'un entrain tout neuf et d'un allant joyeux, d'aller dans la cité des Parcs pour voir son seul et grand ami qui se prénomme Pierre, mais qu'il surnomme Pierrot. Il se lève, apaisé, traverse la petite cour, la contemple, quand soudain : une petite cour, est-ce une courette ? Ça se dit, courette ? C'est terrible, le doute, ça vous bouffe la moitié de votre énergie, sûrement celle qui lui sert à marcher puisqu'il vient de s'arrêter pour réfléchir. Avant de s'asseoir sur le muret, il s'interroge : un petit mur c'est un muret, mais une petite cour, est-ce une courette ?

C'est son problème, les mots, à cause du père inconnu qui s'est fait écraser paf-entre-deux-wagons-comme-une-crêpe-le-pauvre, la mère contrainte d'aller faire des ménages chez les riches (bourgeois du centre-ville) et lui l'école au rabais, puis l'apprentissage chez le premier patron qu'on a trouvé – forgeron-serrurier, on aurait pu tomber sur pire – pour, hop, entrer dans la vie active à tout juste quatorze ans, l'âge légal, parce que ça fait un salaire de plus à la maison.

On ne choisit pas son enfance, on s'acclimate aux pièces du puzzle, on bricole son destin avec les outils qu'on a sous la main, c'est ce qu'il se dit tout en se demandant encore si courette ça existe, mais sans trouver de réponse. Le doute l'exaspérant, il n'y tient plus, grimpe les escaliers et remonte à la maison.

« C'est ça que t'appelles prendre l'air ? Tu te fous de moi ou quoi ?

— Je vais juste regarder quelque chose, maman.

— T'as intérêt à faire fissa, j'ai pas envie de t'avoir dans les pattes !

— J'en ai pour deux secondes, maman. »

Il va dans sa chambre et se saisit du livre : le *Petit Larousse illustré*, quasiment neuf, édition revue et corrigée, couverture cartonnée, d'un bleu presque outremer. C'est là qu'il puise son savoir, au sein de chaque mot, de

**A** : *n.m. Première lettre de l'alphabet*, jusqu'à :
**Zyrianes (ou Komi)** : *peuple finnois de l'U.R.S.S.*

Il lui semble infini, ce Larousse de 1924 : plus de 56 000 mots, 43 cartes en noir et blanc, 25 tableaux historiques, 153 planches in-texte, 48 hors-texte et un atlas de 32 cartes en couleurs accompagné du tableau statistique. De la page 1 à la page 1791, on y trouve les mots et leur définition, mais aussi de petits dessins à la plume qui représentent ici un anchois, là un cafetan, un dévidoir, une fontange, un homme-grenouille, un papyrus, un samovar ou un vertugadin. Et ailleurs, sur des planches couleurs emplissant toute une page, peints, gravés, dessinés ou photographiés, on y voit pierres précieuses, reptiles, papillons, oiseaux, insectes ou mammifères qu'il connaît par cœur mais ne se lasse pas de contempler. Il cherche *courette*, suit les lignes du bout d'un doigt, marmonne comme un élève de maternelle : « Cha... charentais... choroïde... claquet... confus... coolie... cotations... costumes... »

Ne peut s'empêcher d'admirer la planche en vis-à-vis où sont reproduits les costumes, ceux de nos ancêtres les Gaulois jusqu'à ceux du Second Empire, sans omettre ceux des nobles, paysans, trouvères, fous de cour et muscadins. Ne pas s'éparpiller, se dit-il, et il poursuit sa recherche : « ... cotylédon... coulisse... coupellation... courbache... courbature... ah, la voilà : courette ! »

**Courette** [kurΣt] n.f. Petite cour.

Par la fenêtre, un joli soleil d'hiver trimballe dans ses rais la suie des locomotives. Il y en a partout de cette saloperie, surtout par vent d'ouest, tant sur les rebords de fenêtre que sur les cordes à linge ; l'équivalent du sel chez le paludier, de la sciure chez le menuisier, du sable chez le Touareg. Quelque chose de l'infiniment petit révélant l'infiniment grand mais il ne la voit pas, perdu qu'il est dans l'insondable mystère des mots. Il referme le livre, croise sa mère qui cire le couloir, se fait discret, marche sur la pointe des pieds pour ne pas salir et ne pas se faire repérer, descend les escaliers, déambule en rêvant le long du muret, puis s'assied sous les grands draps qui sèchent et contemple la courette en pensant que, si courette est le diminutif de petite cour, on devrait dire ruette pour une petite rue alors qu'on dit ruelle. Décidément, les voies de la grammaire, semblables à celles du Seigneur, lui sont impénétrables.

## 2

Il fera donc de la boxe puisque sa mère le veut. C'est le sport populaire, le sport du populo. N'importe quel cheminot, bleu de chauffe au corps, casquette sur l'oreille, gauloise au bec et gamelle en bandoulière, est à même de citer, sans froisser une voyelle, malmener une consonne, les noms des grands champions qui font vibrer les cordes et frissonner les rings, surtout ceux de chez nous, qui ont coqueriqué en terres d'Amérique : les Carpentier, Cerdan, Dauthuille, Villemain, sans bien sûr omettre Marcel Thil, fils de forgeron. On écoute leurs combats l'oreille collée au poste de T.S.F., car la boxe longtemps ne fut qu'affaire de voix, fréquemment nasillarde, de coups de poing assenés sans qu'on en voie un seul, de corps qui s'écroulaient sans que l'on puisse entendre leur chair et leurs os s'affaler, tant la foule en délire couvrait jusqu'à la voix de ce speaker qui s'appelait alors tout bonnement commentateur.

Ça fait les hommes, la boxe, affirme sa mère. Tout comme la gnôle, les tranchées, l'enclume ou le pas de l'oie. C'est pour ça qu'elle l'a inscrit au club, afin qu'il entre, en costaud, dans le troupeau des mâles, qu'il accède à l'âge adulte en gentleman couillu. Sa plus grande peur est que son fils devienne quelqu'un d'efféminé. Elle sait que les gamins du quartier lui mettent parfois des baffes et que lui, indolent, ne répond jamais. Il faudrait qu'il sache faire la différence entre gentillesse et faiblesse. Mettons-le donc à la boxe, se dit-elle, ça lui apprendra, dans un premier temps, sinon à frapper, du moins à esquiver. Le reste finira bien par suivre.

> **Boxe** [bcks] n.f. (de l'anglais *box*, coup). Sport de combat où les deux adversaires s'abordent à coups de poing *(boxe anglaise)*. [Dans la *boxe française*, on emploie aussi les coups de pied.] V. illustration p. 137.

Assis à sa place, dans la cuisine, chaise et table tout récemment cirées, *Petit Larousse illustré* ouvert page 136, il lit la définition à sa mère et lui demande si elle savait que, dans la boxe dite française, on a le droit de mettre des coups de pied. Elle lui répond, tout en cirant un meuble (déjà ciré), que c'est les lâches qui se mettent des coups de pied, pas les vrais hommes. Les vrais hommes tapent avec leurs poings. Et jamais dans les parties sexuelles !

« Tu ne mettras jamais de coups de pied à personne, tu me jures ?

— Oui, maman.

— Une bonne beigne en pleine poire, si on t'embête, mais un coup de pied : jamais ! C'est vicieux, les coups de pied ! À personne, des coups de pied, jamais ! Tu m'entends ?

— Oui, maman.

— Tu vises le nez, les yeux, mais pas les parties sexuelles ! T'as compris ?

— Oui, maman. »

En face du mot **Boxe** et de sa définition, page 137, est apposée une planche en noir et blanc : pas moins de dix photographies d'hommes en short noir, gants aux poings. Y figurent, en situation de combat figé, les coups basiques de la boxe : uppercut, swing, crochet, cross, direct, ainsi que leurs esquives. On y découvre, sur la reproduction d'un homme seul, au nez aplati, pris en plan américain, des flèches indiquant les points sensibles de la tête et du corps, que l'on nomme points vitaux : tempe, angle du maxillaire, pointe du menton, région carotidienne, région du cœur, creux épigastrique, région hépatique (foie). Il suffira donc de balancer un des coups décrits là-dessus à un des endroits indiqués sur la photo ci-dessous, pour que le nez aplati, celui d'en face de préférence, à vos pieds s'écroule.

Si l'angoisse de sa mère quant au risque qu'il ait pu devenir un adulte freluquet, voire efféminé, n'était guère fondée, elle eut un coup de génie en l'inscrivant au club de boxe. Car il sentit, dès les premières séances, qu'il aimerait ça. L'ambiance, l'odeur, la sueur, le martèlement des poings, les rotations du buste et les pas de retrait. Les entraînements, bien sûr, taper dans des pattes d'ours ou dans un punching-ball, apprendre à esquiver, donner sans recevoir, se battre contre son ombre. Ses pressentiments trouveront leur apogée lors de son premier match et de ceux qui suivront : l'enfance qui s'épanouit dans le goût des victoires, cette certitude d'être en tous points semblable aux héros de cinéma, ceux qu'on trouve au rayon « films de cape et d'épée ». Après tout, c'est un peu comme l'escrime, la boxe, avec une paire de poings en guise de fleuret. S'il fallait la décrire en termes de danse, il nommerait ça *un pas de deux*, mais il ne peut pas avouer des choses pareilles à son bouledogue de mère pour qui la danse entre hommes est une activité douteuse. Alors il imagine ce qu'il pourrait lui dire sans la faire frémir et qui la ferait pâmer : ce ring qui sous ses pieds tremble autant que les corps, ces cordes qui renvoient les boxeurs les uns contre les autres, car c'est affaire de chairs, ce qu'on nomme un combat, dans des odeurs de sueur ou bien d'embrocation, avec ces mains bandées qui ressemblent à des masses, avec ces nez qui fument quand un gant les écrase. Ça ressemble à la forge, il faut juste s'arranger pour que celui d'en face soit moins dur que l'enclume.

Et plus il imagine, plus les images défilent. Un match n'est pas que danse. C'est aussi, quelquefois, un manège insensé qui sous vos pieds tournoie, avec un cheval fou qui cherche à vous abattre. C'est une vie d'artifice que résument en fusées des rounds de trois minutes. On ne perd pas de temps, quand on combat, on ne babille pas, on ne tergiverse pas, on se dit l'essentiel en deux coups, trois crochets, on sculpte l'éphémère, on écrit en saignant le seul roman qui vaille, on n'a besoin de personne pour nous dicter les phrases, elles jaillissent des phalanges, percutent les mâchoires, déforment les orbites. La minute de repos qui stagne entre les rounds nous apprend seulement qu'on est encore vivant et qu'il va nous falloir repartir au combat, dans cette lutte animale et primale qui augure sur le ring ce premier cri d'humain que chacun doit pousser pour que périsse enfin le singe qui dort en lui. Ce n'est rien d'autre que ça, la boxe : adrénaline fleurdelisée sur liberté incandescente. Une vie d'éclair, de rédemption, un naufrage sans radeau où celui qui se noie n'ira pas plus profond que le bleu du tapis. Elle est bien loin de ce que d'aucuns en disent : sport violent où deux tas de viande abrutis se martèlent le visage. La boxe n'est pas un jeu. On joue à la raquette, on joue au ballon rond. On ne joue pas à la boxe. C'est pour ça qu'on l'appelle le noble art. Car il faut de la noblesse, pour monter sur un ring. Il faut même être artiste, pour bien savoir boxer. La beauté du coup de poing demeure autant dans l'esquive du frappé que dans la dextérité du frappeur. C'est ça qu'il lui dirait, à sa diablesse de mère, si seulement il pouvait l'exprimer en ces termes.

3

Il y a donc la boxe et le linge qui sèche. Les escaliers cirés, le cornet à pistons, le père en uniforme prisonnier dans son cadre. Le dictionnaire, bien sûr, ses mots échevelés dont nul ne sait user. Il y a aussi la forge, ses masses et son enclume, puis les rails du dépôt. Tableaux de son enfance qui serait triste et vide s'il n'existait l'humain pour lui donner une âme.

Et l'humain, pour René, se condense en un seul : Pierrot, l'ami des origines, le copain de toujours. Le frère incontournable. Ils sont tous deux semblables à Oreste et Pylade. Ou Castor et Pollux. Unis du berceau au tombeau. De la pointe d'un canif ils ont piqué leurs doigts et mélangé leurs sangs : à la vie à la mort. On connaît la formule qu'avait écrite Montaigne lorsqu'il tentait de dire pourquoi La Boétie avait empli son cœur : « Parce que c'était lui, parce que c'était moi. » Et vice versa, il va de soi. C'est l'image qu'on aura de mon père et de son ami Pierre : deux lierres à jamais enlacés.

Pierrot, physiquement, est plutôt malingre, chétif, filiforme, timide et lumineux. Passionné de mécanique, toujours une clé à mollette à la main et un magazine de *Revue technique automobile* dans une sacoche ou dans une poche, il bricole des moteurs, répare des mobylettes, fabrique des maquettes qu'il tente de faire rouler, voler ou bien flotter. Mais, en dehors de ça : le même que mon père en ce qui concerne le goût de la parole écrite. Ils ont tous deux, côte à côte, dévoré les romans de jeunesse et les livres d'énigmes, les Jules Verne et Alexandre Dumas, les Jack London et autres aventuriers des lettres, jusqu'à ce que mon père finisse par se lasser des choses romancées et qu'il ne jette plus son dévolu que sur un seul ouvrage : le *Petit Larousse illustré*.

Pierrot, lui, préfère les dieux, sumériens, akkadiens, égyptiens, grecs, romains, et se passionne pour la mythologie, déclamant à voix haute toutes leurs épopées. Il vénère l'*Iliade* et l'*Odyssée* et n'aura bientôt plus en bouche qu'Achille et Patrocle, et Charybde et Scylla. Puis, découvrant que les hommes et les siècles, entre schismes et massacres, sont parvenus à condenser tous les dieux en un seul et unique Créateur, il approuvera leur choix en croisant cet ouvrage qui deviendra pour lui la lumière de sa vie : la Bible.

Assis l'un près de l'autre, chacun un livre en main, quasi joue contre joue, unis comme amants dans cette tendre amitié qu'on dit adolescente, Pierrot s'abreuve de sirènes, de cyclopes, de Circé, tandis que mon père, plongé dans le dictionnaire, le coupe brusquement dans sa lecture et dans ses rêveries :

« Ectropion, Pierrot, tu sais ce que c'est ?
— Non.
— Ectropion : n.m. : du grec *ek*, hors de, et de *trepein*, tourner.
— Et ça veut dire quoi ?
— Je te lis comme c'est écrit : *état des paupières renversées en dehors*.
— Des paupières retournées ?
— Je pense.
— Et on l'utilise comment ton mot ?
— Je ne sais pas.
— Tu te vois dire à quelqu'un : comme c'est étrange, cher monsieur, vous avez les paupières en ectropion.
— Pourquoi pas, s'il a effectivement les paupières en ectropion, autant qu'il en connaisse le mot.
— Tu te prendrais une mandale.
— M'en fous, je fais de la boxe.
— Attention, René, va falloir faire gaffe.
— À quoi ?
— Planquons nos bouquins, elle arrive.
— Qui ?
— Ta mère, pardi ! »

Il faut reconnaître que sa mère (ma grand-mère par ricochet, mais morte avant ma naissance, donc ne ricochant pas sur grand-chose, hormis quelques photos et quelques racontars) n'est pas une tendre. Son époux s'étant fait écraser quand elle était enceinte, son deuil l'a transformée en un triste personnage de roman réaliste : acariâtre et morose, harengère à la Zola, mégère à la Hugo, petite, maigre, toujours de noir vêtue, regard perçant, visage chafouin, tout en muscles et en nerfs.

Native de la campagne, ancienne fille de ferme ayant gardé de ses origines un parler rude, une tête plantée sur ses épaules comme un piquet d'acacia dans une pâture, la bouche pleine de fiel qui fait craquer les mots comme cailloux sous les dents, elle est à elle seule l'archétype des Furies, semblable à celles des livres de mythologie.

Elle était arrivée à la ville aux alentours de ses vingt printemps en épousant son cheminot de mari (qui depuis s'est fait écraser « paf, entre deux wagons, comme une crêpe, le pauvre »), mais elle était demeurée une travailleuse aux mains calleuses, une paysanne perpétuellement étonnée par les lumières de la cité, un animal traqué au port de tête hautain comme un cheval de parade, à la démarche pesante comme un cheval de trait, à l'orgueil inutile comme un cheval de cirque, à la langue de vipère et au cœur de pierre. Animale, végétale, minérale, force primaire écartelée telle une vallée, secrète telle une source, sombre telle une grotte, vivant comme un pommier produit des pommes et n'habitant, depuis la mort de son époux, que deux saisons austères : l'hiver passé et l'hiver à venir. Bref, si on devait la résumer en une formule aussi homérique que cristalline : une belle chieuse. Une dépressive, surtout, qui avait peur d'avoir raté et sa vie, et son fils, ne supportait pas que l'on fasse autre chose que travailler, et ne savait s'exprimer qu'en un langage trivial, rupestre, comme si ses paroles ne parvenaient, entre elles, à rien pouvoir faire d'autre que des parties de catch ou des combats d'aurochs :

« Mais vous avez pas bientôt fini, bande de tapettes, avec vos conneries de bouquins et de romances à la con, à perdre votre temps et vous user les yeux ! Il serait peut-être temps de passer aux choses sérieuses, non ? Faut que je vous botte le cul pour vous faire grandir ? »

René n'ose répondre, il connaît la sanction. Heureusement que Pierrot est là, à ses côtés ; malgré sa silhouette malingre et tristement chétive, il possède un cœur d'une limpidité telle qu'il peut, en une seule phrase ou en un simple sourire, adoucir un volcan, fût-il en éruption. Alors Pierrot se lève, on dirait saint François s'adressant aux oiseaux, et, d'un geste mince comme un cheveu et ample comme l'aurore, il parvient à calmer le Vésuve en furie.

Pierrot le merveilleux, le candide lilial, tout l'opposé de René mais quasi-frère jumeau : compagnon de toujours, d'enfance et de quartier, de maternelle et d'école communale, de lettres tracées à la plume, sur papier à carreaux, ou à la craie, sur tableau noir ou vert. Amitié de blouse grise, de balle au prisonnier et de cours de récré, amitié de shorts, de billes en terre, d'agates rares et de goûters, de confidences graves et de secrets légers. Ils ont fait au même âge presque les mêmes sottises et se sont fait gronder par l'identique matrone qu'on ne présente plus. Ont chapardé des bonbons, cassé quelques carreaux à l'aide de frondes qu'ils appelaient « totoches », déchiré pantalons sur les ronces du chemin et ourlé chemisettes de lumineux accrocs. Et puis, en grandissant, ils ont naïvement lutiné, aux fêtes paroissiales, les fillettes rieuses qui sur les balançoires prenaient de grands élans en mouvements de hanches, et tenté d'entrevoir, émerveillés fébriles, le torrent de leurs chairs au tic-tac d'encensoir qui dévoilait au vent le mystère émouvant de leurs culottes blanches.

« Vous avez compris, bande de morveux, ou faut que j'aille vous botter le cul pour vous faire grandir ? »

4

Il obéit, mon père, comme toujours. Il doit avoir vingt ans, désormais, la Seconde Guerre mondiale vient de déposer ses armes au pied des bâtiments en ruines, ainsi que ses lauriers au pied des monuments aux morts. Il faut reconstruire la France, et, dans le même temps, bâtir sa propre vie. Lui, il obtempère, ne se pose pas vraiment de questions. Il est là pour agir. Faut grandir ? Soit, grandissons. Travailler ? Soit, travaillons. Toujours il obéit. À sa mère, à la vie, à la petite et à la grande Histoire. Au destin qu'il se forge, entre enclume et marteau, phalanges et sac de frappe.

Plutôt frisquet, aujourd'hui, son destin, en ce mois de février 1946. Quelques degrés en dessous de zéro. D'entre les lèvres de mon père émergent de petits nuages glacés aussi légers qu'insaisissables mais ça le rend heureux, il se jure d'être serein et de mener à bien le travail qui l'attend : forger une balustrade.

Il se baisse, se saisit d'une barre de fer engoncée dans la terre, ourlée de givre, voire de glace, un gant à main droite, usé, râpé, genre truc de jardinier, peut-être une moufle, d'ici on ne voit pas bien. Disons un machin quelconque. Il tire sur la barre sertie dans la terre gelée, ne parvient pas à l'en décoller, se dit que tout va bien, à quoi bon s'énerver, pose un pied sur la ferraille, se coince un pouce, tire davantage, appuie, relâche, secoue avec énergie, ressent une douleur dans le dos, maudit le gant qui glisse – il n'a jamais supporté ces saloperies pour travailler –, l'arrache et l'envoie valdinguer : triple salto vrillé du gant qui retombe sur une plaque de verglas, d'où le bruit, crac. Il empoigne alors la barre à pleines mains nues et – on aurait aimé le prévenir tant cela nous semblait évident – ses paumes se collent à la ferraille glacée qui leur arrache quelques parcelles de chair au moment où il cherche à les en décoller. Il se relève en hurlant, frappe la barre de violents coups de pied tout en lâchant dans le matin brumeux une kyrielle d'injures qui rendent sa promesse intérieure obsolète, et la journée mal barrée.

Un bruit de gamelles, au loin. Puis un peu moins. Ça vient de là-bas, de plus près, de l'autre côté du maigre talus que longe une rue séparant quelques pâtés de maisons. Ce sont les cheminots, le moment de la relève. L'équipe de jour, alerte et pimpante, descend d'un bon pas la rue qui borde le dépôt des locomotives en s'ébrouant sous des cascades de rires tandis que l'équipe de nuit, guère après, la remontera gamelles et cerveaux vides, d'un pas lourd et traînant, portant sur leurs paupières et sur leurs lèvres la lourde chape des heures obscures. Tous les matins, ponctuels, de lui à eux les mêmes mots qu'il leur crie : « Salut les gars ! » Ils sont proches mais peu visibles, la brume comprime les décibels, ils n'entendent que « a... u... é... a » mais répondent à l'aveugle « Salut René ! » dont l'intéressé ne perçoit, équivalence de la distance et de l'acoustique des corps gazeux, que « a... u... e... é ». Le bruit de pas et de gamelles, proche, le devient moins, puis plus du tout.

L'entracte consommé, il se recolle – façon de parler bien sûr car il a pris ses précautions (deux chiffons) – à sa barre de fer. Serrurier, ferronnier, forgeron, il s'est mis à son compte et travaille à moitié dehors parce qu'il n'a pas encore les moyens de s'offrir un véritable atelier – ça viendra –, tout juste un appentis que l'on distingue sur sa gauche, avec la forge, l'enclume et l'établi. Quatre poteaux, quelques tuiles, aucune porte, et pas d'abri couvert pour les barres de fer entassées à même le sol : gelées l'hiver, brûlantes l'été. Aléas de la pauvreté. Entre autres.

Comme il habite et travaille près du dépôt des locomotives, on en entend une au lointain – comment dit-on déjà : mugir ? – et un panache de noire fumée à la verticale conjointement s'élève. Un coup de reins, deux ahans et voilà la barre, couverte d'une glaise aussi dure que de la pierre. Ne pas s'énerver, une fois suffit. De petites étincelles nous apprennent que la forge de bon matin fut allumée. Il s'en approche, un coup de soufflet ravive des étincelles, étrangement belles en ce matin d'hiver et de vapeurs bleutées, il les contemple, retient sa respiration, la vie l'émerveille même dans sa monotonie. C'est un candide, teigneux sensible, les larmes au bout des poings. Un éternel enfant, orphelin de père et brimé par sa mère, un amoureux des mots qui ne peut néanmoins pas plonger comme il voudrait dans la tiédeur de l'océan des lettres. Un enfant contrarié, futur autodidacte, donc futur conquérant. Il pose la barre gelée dans le cœur de la forge, la love tel un serpent au soleil, la retire et la frappe sur l'enclume, étincelles, escarbilles, de ça non plus ne se lasse point. Puis cesse de rêvasser et martèle à grands coups.

Pas méchamment : c'est son métier. D'autant qu'il lui reste pas mal de volutes à forger pour achever la balustrade qu'on lui a commandée et qui doit être livrée samedi.

Combat quotidien de l'artisan contre la fuite du temps : on est déjà samedi.

Quelques heures plus tard, les chevaux de feu aux naseaux écumants ont tiré le lourd charroi de Phoebus presque à la verticale de sa forge : traduire pas loin de midi. Lui non plus n'a pas chômé, et l'amas de ferraille qui gisait au sol entre givre et argile, ressemble désormais à une balustrade aux volutes espagnoles, façon profils de femmes enceintes qu'il admire en se disant : ça a de la gueule. Aucun orgueil. Un léger coup de lime pour enlever une bavure, un soupçon d'antirouille orangée que l'on nomme minium, deux petits pas de recul façon Vélasquez contemplant ses *Ménines*, les bruits des locos comme fond sonore, alors elle est pas belle la vie ? Sur un tréteau métallique, de sa baguette électrisée il pose un point de soudure à la rougeur duquel il allume une cigarette, en tire quelques bouffées, puis prête l'oreille : des hurlements de locomotives qui freinent sur les rails d'acier, couinements de fonte tordue et tachycardie des bielles, c'est le dépôt. Tout à la fois hôpital, maison de convalescence, maison de retraite et asile psychiatrique, on y soigne en son sein les wagons égrotants, on y parque les bouzines à vapeur asthmatique, on y met au rebut les coucous hoquetants et les draisines qui déraillent. On y loge aussi, pour une nuit ou deux – piteux lupanar aux putains en bleu de chauffe –, des rames de wagons vides qui souffrent d'un manque de correspondance, d'un embarras passager et même, honteuse vérole syndicaliste, d'une grève surprise. Il tire sur sa cigarette, contemple l'acier moribond, et ça lui donne envie de vivre, de chanter, de boxer, d'évacuer toutes ces larmes qui vibrent au fond de lui, de les choper, une par une, et les foutre KO. Ce qui d'ailleurs tombe bien car il a entraînement, ce soir, le combat se rapproche. Pas le plus important, juste un petit. Un de ceux qui, aboutés et gagnés, préludent au championnat suprême, celui pour lequel tout boxeur digne de ce nom accepte de croiser les gants, celui dont la victoire vous met la ceinture à la taille et inscrit votre nom au panthéon de la boxe.

Encore quelques années, ou même quelques mois, et à n'en pas douter, ça va finir par arriver. Il boxera comme un professionnel. Il aimerait tant que sa mère soit enfin fière de lui et qu'elle le considère autrement que comme une esquisse d'homme, ou que l'ombre d'une ombre aplatie comme une crêpe, paf-entre-deux-wagons. Il ne sait pas encore qu'elle mourra subitement, noyée dans la rivière qui entoure la ville, en tombant de ce pont qu'elle traversait quotidiennement afin d'aller faire ses ménages chez les bourgeois du centre-ville, d'aucuns prétendant qu'elle n'en tomba pas, mais qu'elle l'enjamba, et puis qu'elle en sauta. Quoi qu'il en soit, glissade ou sabordage, elle disparaîtra du monde des humains avant qu'il ne parvienne à la plus haute marche et qu'on pose sur son front les lauriers de la gloire. Il ne sait pas non plus qu'à défaut d'une mère, ce sera son fils qui, plus tard, arrachera au *Petit Larousse* des mots d'or et de jade, de porphyre et de marbre, pour le glorifier.

Le déifier.

Et sanctifier son nom sur cet autel païen qu'on nomme littérature.

5

Il vient de fêter ses vingt-six ans et rien n'a vraiment changé. La semaine, du matin au soir, le marteau sur l'enclume, le fer rougi, les escarbilles, l'acier que l'on tord. Les week-ends, il combat, les deux pieds sur le ring, les coups portés, les coups reçus, les adversaires qu'on cherche à faire rougir et plier, comme l'acier. De l'effort et de la sueur. Taper et marteler. Des vibrations. Des douleurs dans les bras. Le goût de la conquête et du travail bien fait. Quand on se façonne un destin sur l'enclume ou sur le ring, forgeron ou boxeur, qu'importent les matériaux : ferraille ou chair humaine, c'est du pareil au même.

1952, mois de décembre, dimanche 28. Finale du championnat de France de boxe amateur, catégorie poids moyens. Le calendrier nous apprend que l'on fête en ce jour le massacre des Saints Innocents, ces pauvres gosses tout juste nés qu'Hérode fit massacrer dans l'espoir que l'un d'entre eux fût Jésus. Mon père, tout en chauffant ses muscles dans un vestiaire terne et froid, les yeux malgré lui rivés sur le calendrier à hauteur de visage, est en train de s'énerver et de pester contre l'humanité. *Le massacre des innocents.* Quelle connerie ! Quelle lâcheté ! Pourquoi s'en prendre à des enfants ? C'est comme si l'on se mettait à massacrer les fleurs. Déjà gamin, au catéchisme, ça l'avait répugné, cette histoire de la Bible.

Il avait interrogé son pote Pierrot qui depuis quelque temps, ce ballot, suit des études pour devenir prêtre. Mais il ne se souvient plus de la réponse qu'il lui avait bafouillée, quelque chose du genre *Les voies du Seigneur sont impénétrables.* Donc aussi vermoulues que celles de la grammaire.

Mon père attend son premier gosse pour les jours qui viennent. Il naîtra dans trois jours, ce gosse ce sera moi, nous l'ignorons tous deux. Il pense aux innocents qu'Hérode a massacrés. Il songe à moi, il m'espère, il m'attend, il m'imagine peut-être ; il combat ce soir pour le ventre gonflé d'où va sortir le fruit. Il pense à son épouse, au bébé qui va naître. Un innocent. Il pense à ceux que le destin massacre. Il pense que la boxe est beaucoup moins cruelle que les cruelles histoires de l'Ancien Testament. Il pense que la boxe n'est pas une métaphore de la vie, mais son eucharistie : prenez et frappez car ceci est mon corps. Puis il cesse de penser, fait le vide en lui, boxe contre son ombre, respire à pleins poumons, souffle, contracte ses mâchoires, frappe de ses deux gants l'angle de ses maxillaires.

Il combat dans la catégorie des poids moyens. Au mieux de sa forme : 72,574 kilos. Juste à la limite. Son premier championnat de France. Douze ans d'efforts, d'entraînements, de matches préparatoires. Le grand soir. Ne surtout pas céder à la nervosité. Ni être trop sûr de soi. Rester concentré, se contenter de répéter les gestes que l'on a mille et mille fois travaillés à la salle. Faire partir les coups depuis la pointe du pied, bien balancer les hanches, le buste, lancer les poings dans l'alignement des épaules, coordonner attaque, retrait, esquive, défense. Ne pas se poser de questions : appliquer tout ce que l'on sait, sans chercher le KO, il viendra naturellement si jamais il doit venir. Ne pas jouer au professionnel : marquer des points, des points, des points. Toucher, toucher et encore toucher.

Ce combat, on me l'a raconté plus de cent fois. J'ai été élevé avec lui, j'ai grandi avec lui, j'en ai été nourri du berceau à l'âge d'homme. Les versions variaient selon qui racontait, mais toujours elles étaient héroïques. Ce n'était plus un combat mais une épopée, une odyssée, les douze travaux d'Hercule à lui tout seul, Waterloo et Bouvines condensés sur un ring. Il me paraît pourtant impossible à décrire, ce match fondateur qui fit de mon enfance un palais des merveilles et de lui un dieu vivant. Il faudrait, pour pouvoir le dépeindre dans les règles de l'art, parvenir à triturer les phrases comme il sut, lui, malaxer le visage de son adversaire, un solide gars du Nord aux épaules de docker qui l'attendait de gants fermes. Pourtant le matériau est là : les swings, les crochets, les directs, les esquives, le bruit mat des coups, la douleur sur la peau, les os qui se froissent, les muscles qui durcissent, les uppercuts percutant les mâchoires, comprimant la mandibule, les protège-dents qui claquent, les nuques qui se raidissent, les abdos qui se contractent, les crochets au foie coupant net la respiration et provoquant parfois un début d'asphyxie qui contraint à poser un genou à terre, neuf secondes pour se remettre, c'est pas beaucoup mais une de plus c'est une de trop. Et les pommettes qui gonflent, la plante des pieds qui chauffe, un œil qui voit moins bien, et de nouveau le souffle, crochet à l'estomac, les côtes qui hoquettent, du mal à respirer, une envie de vomir, respirer, respirer, vite, la minute de repos, le soigneur, les sels et l'ammoniaque qu'on vous plante sous le nez, respirer un grand coup, putain ça brûle, se lever, se relever, le crâne comme une enclume sous le marteau des poings, ne pas s'affoler, laisser passer l'orage, sa technique est claire, à l'adversaire du Nord, il veut le KO, ne cherche pas à boxer, erreur de débutant, pourtant c'est pas un branque, il en a, des rounds au compteur, c'est peut-être un piège, pas grave, ne pas tomber dedans, le laisser venir, le laisser s'épuiser, déjà ses coups font moins mal et sa

technique défaille, d'autant qu'il ne varie guère ses combinaisons : jab du gauche, jab du gauche, jab du gauche, cherche à faire baisser la garde, et boum, balance un direct du droit, trop téléphoné son direct, feignons de n'avoir rien compris, faisons comme si nous étions le benêt de service, suffit d'attendre qu'il soit trop sûr de lui, qu'il se découvre par excès de confiance et boum, crochet aux côtes, chacun son tour mon salaud, mais la cloche retentit, minute de repos. L'entraîneur est calme, le rassure, le conforte, tu le tiens, il est cuit, ne tombe pas dans son piège, il cherche à t'endormir, il a la garde trop haute, vise en bas, c'est toi le champion, pas lui, la cloche sonne, on quitte le tabouret, on se lève, encore dégoulinant de sueur et d'eau, début du troisième round, le moment idéal, le docker a décidé d'en finir dès l'entame, sûr de lui il croit tenir le KO au bout d'un de ses gants, il s'élance de trop loin, frappe de tout son poids le bras bien droit dans l'alignement de ses épaules, mais la seconde d'après, sur le ring, s'agenouille, le foie massacré par un crochet du gauche, respiration coupée, genou au sol,
puis genoux au sol,
les poumons qui s'affolent,
les cris de la foule,
l'arbitre qu'il n'entend plus
7, 8, 9, 10, out
et mon père ce héros, debout les bras levés,
Champion.

6

Pendant que mon père boxait, forgeait, martelait acier et cartilages, balustres et maxillaires, recopiait sur son petit carnet des mots aussi vastes que les cinq continents, *rondache* ou *sélénieux*, *quartaut* ou *xiphoïde*, Pierrot, après avoir découvert le théâtre lors de camps de vacances, rencontra Dieu comme on rencontre une femme : émotion, éblouissement, tachycardie, coup de foudre auréolé, émerveillement, tremblements, approches incertaines, balbutiements, encouragements, fréquentations, annonciations, génuflexions et demande en mariage. Il nomma cela : la vocation. Il entra donc au séminaire, au petit, puis au grand, passa des examens qui lui donnaient le droit de pouvoir épouser Dieu, fut ordonné en la cathédrale Saint-Jean, René en fut témoin, puis partit faire ses classes et son apprentissage en d'autres évêchés, dans les bourgs et bourgades de la France dite profonde, veillant, bénissant, enterrant ouailles en peine, baptisant ouailles nouvelles. Puis revint tranquillement, après un long voyage, en son propre pays. Le voici désormais prêtre à l'église Saint-Martin des Chaprais et tout le monde ne l'appelle plus que par son nom officiel, d'église, de soutane, de catéchisme, d'hostie, d'eau bénite et de confessionnal : l'abbé Delvault.

René affirme que c'est la faute à toutes ses lectures, s'il est entré dans les ordres ; la faute à ces mini-dieux en jupette qui lui ont tourné la tête ; la faute à l'*Odyssée*, à l'*Iliade*, puis, enfin, à la Bible. Il a bien vu, au cours de leur enfance et de leur adolescence, ses passions se métamorphoser et glisser progressivement d'Ulysse à Œdipe, d'Œdipe au Sphinx, du Sphinx à Osiris, d'Osiris à Hérode, d'Hérode à Jésus et de Jésus à Dieu. Peut-être dans un autre ordre ou un autre désordre. Toujours est-il que le voici prêtre. En soutane. On dit également : en robe. C'est-à-dire, si l'on traduit en langage mythologique : en jupette. Ne valant pas plus cher que ses petits dieux grecs et retournant, malgré lui, sans même qu'il s'en rende compte, à la case départ. À la seule différence que, cette fois-ci, malgré l'amas des ans qui aurait dû le mûrir et dessiller ses yeux, il prend très au sérieux le successeur de Zeus et adore un veau d'or qui se nomme Yahvé.

René exagère, il est surtout jaloux. Pierrot n'est pas si sot, il est juste devenu l'abbé Delvault et demeure, sous l'habit ecclésiastique, cet enfant tendre et généreux, passionné d'art, de mécanique et d'épopées antiques, qu'il a toujours été. Un enfant d'âge adulte, certes, encore fluet, effacé, filiforme, ne semblant pas bien costaud mais possédant désormais une résistance à toute épreuve, comme si l'ordination provoquait des miracles quasi physiologiques. Sous le vent, la pluie, la neige, rien ne l'arrête. Serait capable de marcher sur les eaux si l'envie lui en prenait. De rouler plutôt, puisqu'il ne se déplace qu'à moto, une vieille Peugeot jaune crème qu'il enfourche en remontant sa soutane comme une mariée sa traîne. Bricole aussi bien les moteurs que les crucifix déglingués, va chez un peu tout le monde réparer des cardans, porter des engrenages ou des extrêmes-onctions. Bien plus un pote qu'un ratichon. Aimé dans tout le quartier, débordant d'activité, de gentillesse, de disponibilité, ne ménageant ni son temps ni ses forces, s'occupant de la salle des sports, du cinéma, des colonies de vacances, du patronage et, uniquement, hélas, en pointillé car il n'en a pas le choix : du théâtre, dont il vient de découvrir la puissance et la gloire et qui, désormais, est, et restera, son seul et grand amour après Dieu, l'Église, la Vierge, les saints, la mécanique auto, René et la littérature.

Le but de sa vie, à présent, hormis sauver des âmes, lui est apparu clairement, tel un buisson ardent : s'occuper à lui seul de la troupe théâtrale, lui insuffler un sang limpide et frais, la porter dans ses bras comme un enfant nouveau, l'élever au-dessus de la fange dans laquelle elle patauge, la faire rayonner dans la ville tout entière et que l'on parle d'elle comme on parlait jadis de la ville d'Épidaure.

On est loin d'en être là.

Chaque année, depuis trois bonnes décennies, à la même date – aux alentours de Pâques –, afin de remplir les caisses du clergé, la petite troupe du théâtre paroissial propose, en cette salle qui sert autant à la gymnastique qu'au repas des anciens, un spectacle qui fut, durant les onze mois précédents, hebdomadairement travaillé, concocté, répété, amélioré, mais qui est somme toute, chaque année, tristement identique à lui-même. La représentation, d'une précision horlogère, commence à quinze heures et se déroule comme suit :

Le père curé de la paroisse, le même depuis trente ans, instigateur austère de cet événement, vêtu de sa soutane de cérémonie, celle qui n'est usée qu'à l'intérieur, est en place depuis déjà un bon moment. Debout sur la scène paroissiale, adossé au vieux rideau de velours pourpre, il attend patiemment que la salle se remplisse. N'étant pas comédien dans l'âme et n'ayant travaillé aucun jeu de scène, il se contente de jouer son propre rôle, fait les cent pas de long en large, hoche la tête sans raison, se frotte continuellement les mains l'une contre l'autre de ce geste névrotique qu'il pratique depuis tant d'années qu'elles en sont devenues polies, lisses et brillantes, pareilles à des galets. À tel point que l'on pourrait, en les lançant, les faire ricocher sur une grande étendue d'eau bénite.

Une fois la salle pleine, on ferme les portes, le brouhaha s'apaise, les grosses lampes du plafond s'éteignent, le père curé disparaît brièvement (allez savoir pourquoi) et, par la vertu de l'unique projecteur appartenant à la paroisse, réapparaît aussitôt au centre d'un rond presque parfait, éclaboussé de jaune façon Christ en grâce, époque flamande.

Il sort alors un petit papier de sa poche : brève allocution (semblable d'année en année) dans laquelle, en substance, il remercie tout le monde d'être venu. Puis, mouvement de tête en direction de celui que l'on surnomme *le poète du dépôt* (pas celui qui écrira les textes de mon père, un autre, pire), lequel gravit les trois marches qui montent jusqu'à la scène, se plante en son milieu, chausse ses besicles, sort son cahier de poésie et lit d'une voix pas peu fière un texte que tout le monde connaît par cœur puisque c'est le même depuis trente ans :

> *Je vous la nomme en un quatrain*
> *Celle qui chante soir et matin*
> *Le cœur joyeux la voix d'airain*
> *C'est la chorale de Saint-Martin*

On frappe ensuite les trois coups et le rideau s'ouvre. La chorale apparaît : un ramassis de vieilles filles immobiles, coiffées de chaperons grotesques, tout ce que la paroisse comporte de bigotes, cagotes, culs-bénits et autres grenouilles de bénitier. Grand-mère en fait partie (uniquement afin que Dieu l'assiste pour que son fils ne devienne pas, en grandissant, un maigrelet efféminé). L'abbé qui les dirige entre alors en scène sous les applaudissements. Il s'agit d'un quinquagénaire aux tempes grisonnantes, affecté à la chorale, à l'orgue et au solfège, assez bien fait de sa personne (la rumeur prétend d'ailleurs qu'il aime un peu trop les jeunes et jolies femmes et qu'il ne dirige cette armada de vieilles filles qu'afin d'expier, d'une façon éminemment psychanalytique, d'obscurs péchés plus ou moins mortels liés, sinon aux actes de la chair, du moins à ses désirs).

Il s'incline, salue, puis lève son bras droit. La chorale lui offre un *la*. Grand-mère, qui ne supporte de se mêler à un groupe qu'afin de s'en distinguer, donne un *la* beaucoup plus puissant (strident) que ses consœurs. L'abbé rabaisse son bras et le chœur éructe les premières paroles du traditionnel cantique qui sert d'introït aux tableaux à venir :

*Je suis la servante du Seigneur,*
*Qu'il m'accueille en sa demeure.*

À l'issue du cantique, sous les applaudissements convenus des spectateurs blasés, le lourd rideau de velours cramoisi et moisi se referme comme il s'était ouvert : lentement, laborieusement, artisanalement, avec de nombreux à-coups, grincements, couinements, glissades et blocages, traînant dans son sillage, en plus de la poussière, un cheptel de jurons plus ou moins étouffés poussés par les deux bénévoles qui sont à la manœuvre. Puis, son cahier de poésie sous le bras, le poète du dépôt remonte sur scène et annonce, en vers de mirliton, le premier sketch, accueilli par un *Ah* de satisfaction.

Le canevas rigoureux qui, depuis quelques décennies, régit les festivités de la paroisse, porte, en sa forme, la téléologie de son fond même. Il suffit, d'une année sur l'autre, de changer une mélodie par-ci, un costume par-là, une réplique entre les deux, pour que servilement l'histoire se répète :

1) Discours de bienvenue du père curé.

2) Chorale : *Je suis la servante du Seigneur*.

3) Sketches, pantomimes et saynètes, accompagnés par une musique enregistrée, présentés par le poète officiel du dépôt, et interprétés par les pupilles, garçons et filles, du club de gymnastique, les benjamins et benjamines, les cadettes et cadets, les juniors et les adolescentes du club de gymnastique.

4) Chorale : *Le Seigneur nous a aimés comme on n'a jamais aimé.*

Entracte. Puis reprise du spectacle toujours présenté de la façon qu'on sait par le poète officiel du dépôt :

1) Discours du père curé concernant notamment les dons relatifs au denier du culte (une petite urne est mise à votre disposition à droite de la buvette).
2) Chorale : *Saint, Saint est le Seigneur, Éternel est Son amour.*
3) Danse (avec, le plus souvent, des effets artistiques empruntés à la technologie moderne : lumière noire, fluorescente ou stroboscopique) par les adolescentes du club d'expression corporelle.
4) Mini-récital donné par les élèves de l'École d'accordéon du dépôt dirigée par Monsieur Raoul Briquet, instituteur à l'école communale des Chaprais.
5) Chorale : *Allez vers le Seigneur parmi les chants d'allégresse.*
Fin, applaudissements, rideau, et tous à la buvette.

L'abbé Delvault, chaque année davantage affligé par ce qu'on offre au peuple en guise de distractions au sein de sa paroisse, souhaiterait de tout cœur hausser un peu le niveau de cette pitoyable prestation qui n'a absolument rien à voir avec cet art subtil que l'on nomme *dramatique.* D'autant qu'il s'est mis, avec la passion qui l'anime en toutes choses, à étudier les grandes œuvres théâtrales, les Sophocle, Molière, Musset et compagnie. Et si le théâtre grec antique lui remua les tripes, il doit admettre qu'il fut surtout bouleversé par les pièces de Shakespeare, qui, malgré la violence et l'injustice qu'elles contiennent, malgré l'immoralisme ou l'immoralité dont certaines sont outrées, malgré leurs ouragans de bruit et de fureur, et leurs couronnes royales qu'on arrache des têtes en même temps que le cuir chevelu et la boîte crânienne qui les ornent, demeurent les seules, grâce au génie du dramaturge anglais, à avoir su analyser et disséquer cet immense troupeau d'âmes que Dieu a mis au monde. À croire que William, le génie de Stratford, n'a fait que demeurer, une plume à la main, assis durant des ans près d'un confessionnal, à prêter l'oreille aux péchés des mortels, aux passions des humains, aux aveux des pécheurs, puis qu'il s'est contenté, tout naturellement, de retranscrire en vers, en scènes, en actes ou en tableaux, ce qu'il y entendait.

Petit bémol, cependant. Malgré la quasi-vénération que l'abbé lui porte, l'analyse que le dramaturge offre du tréfonds de l'humain, au travers de ses pièces, reste malgré sa justesse, beaucoup trop pessimiste et tourmentée pour un prêtre qui, naturellement, croit au paradis et en la rédemption. Ce pourquoi, s'il adore Shakespeare, il affirme à la ronde que, théâtralement parlant, Dieu, tout de même, c'est la classe au-dessus. La Bible, affirme-t-il, est le plus grand réservoir dramaturgique que l'humanité ait jamais fécondé. Tout y est : courroux, délire, douleur, folie, amour, passion et trahison, surtout à la fin, quand le héros, dans un hoquet et sur une croix, rend l'âme, pour vite ressusciter (comme les spectres d'*Hamlet*) et partager son corps, son sang, avec tous les mortels durant des millénaires, sous forme d'hosties ou de paraboles, sans se croire contraint de faire le malin avec un crâne entre ses mains en se demandant si « être ou ne pas être » est bien la bonne question à poser à un morceau de squelette. Nul ne contredit l'abbé : personne, dans le quartier, ne connaît Shakespeare. Ni aucun autre auteur de génie. Ni autre auteur tout court. C'est un quartier populaire, d'ouvriers et de cheminots, on y aime la boxe, l'opérette, le musette accordéon, on n'y lit quasiment pas, la culture est une affaire d'élégants, d'oiseux, d'aristocrates. Car lire est dangereux, ça instille dans les cœurs des mondes inaccessibles qui ne portent au fond d'eux qu'envies et frustrations ; ça rend très malheureux, quand on est gens de peu, de savoir qu'il existe, dans un ailleurs fictif, des vies sans rides, ni balafres, où les rires, l'argent, la paix, l'amour poussent aussi joliment que du gazon anglais.

Quoi qu'il en soit, Shakespeare ou pas, drames ou comédies, le père curé, qui non seulement reste le patron au sein de son église, mais qui de plus semble résolument indéboulonnable, ne veut pas plus entendre parler de vaudeville que de mystère sacré. Il ne désire, que la chose soit claire, ne surtout rien changer à sa façon de faire : « Notre petit spectacle existe depuis des lustres, je mourrai avec lui, il mourra avec moi. » Ainsi comprend-on mieux pourquoi la troupe théâtrale du patronage paroissial ne propose que du bon gros théâtre bien populaire, à hauteur de rails, construit de saynètes exsangues, elles-mêmes ponctuées de répliques inoubliables qui font rire la salle : *Mais où c'est-y donc qu'elle les a rangées, mes chaussettes ?*

L'abbé Delvault essaie régulièrement de faire changer le curé d'avis, proposant par exemple de mettre en scène quelque épisode biblique à la portée de tous, à la façon de ces péplums qui couvrent les écrans et font pâmer les foules : Dix Commandements ou Plaies d'Égypte, mer Rouge qui s'ouvre en deux, David et sa fronde... Mais le père curé refuse. On ne va pas au théâtre, dit-il, pour imiter le cinématographe ou pour élever son âme, les salles du centre-ville sont là pour le premier, l'Église catholique, apostolique et romaine, présente pour la seconde. C'est son rôle, pas le nôtre. On va au théâtre, affirme le père curé, pour digérer le fricot du repas de midi, y croiser des amis, applaudir des voisins, et, avant tout, remplir les caisses de la paroisse en vidant quelques verres au bar que gèrent nos braves bénévoles, lesquels, qu'on nomme abusivement alcoolos ou bigots, n'étant ni vraiment l'un, ni vraiment l'autre, mais simplement, pourrait-on dire sans frôler le blasphème, une sorte de divin cocktail harmonisant les deux.

L'abbé insiste parfois : d'accord, père curé, abandonnons l'idée de spectacles héroïques, bibliques, shakespeariens, cathartiques, mais essayons toutefois de faire du vrai spectacle populaire, lequel ne rime pas avec théâtre fripon. On ne poussera pas l'indécence, ou l'indigence, jusqu'à tomber dans ces pièces de boulevard traditionnelles telles qu'elles furent codifiées par des années de trivialité et de salacité, avec femme volage et amant dans le placard puisque l'adultère, au sein de l'Église, je le sais autant que vous, cher père curé, est une hérésie passible d'excommunication. Faites-moi confiance, bon père curé, je sais que nous pouvons, vous et moi, tout en restant dans cette veine hautement respectable qui navigue aux frontières du scoutisme et des sketches de feux de camp, offrir à tous nos fidèles des images édifiantes qui sauront… Mais le père curé ne l'écoute même pas et obstinément refuse que l'on touche à son spectacle dominical qu'il nomme tour à tour *son océan de pureté*, et *son oasis de clarté*.

Rien de scabreux, donc, aux spectacles paroissiaux. Rien de peccamineux. Rien de gracieux, d'original, de frivole, d'outrancier, d'élevé, de risqué : même les majorettes, aux chairs trop étales, sont proscrites sur scène. Nous n'avons affaire, en ces lieux catéchisés, qu'à du *divertissement bon enfant*, de l'amusement stérile qui flatte le vulgaire et empêche les foules de penser, qui les abrutit et les conditionne, les formate et les soumet. De cette caste de spectacles inconsistants et niais que tenteront de balayer les années explosives et révolutionnaires qui écloront au cours de la décennie à venir, mais que la télévision récupérera et glorifiera quelque vingt ans plus tard sous des formes déguisées et davantage avilies.

L'abbé Delvault, qui connaît la mécanique des âmes aussi bien que celle des motocyclettes Peugeot, a pleinement conscience du caractère pitoyable et guère transcendant des pièces ou des saynètes qui se jouent sur sa scène paroissiale. Il n'en est pas très fier mais il n'en a pas le choix, ce n'est pas lui le patron. Il en a fait son deuil et, plutôt que de pester, il profite de l'aubaine : il se cultive, apprend, engrange du savoir et décortique, lecture après lecture, la belle architecture qui permet aux répliques d'engendrer des prodiges.

Le père curé, lui, en revanche, est pleinement satisfait de chacune des représentations annuelles qui remplissent les caisses, et il aime à penser que, même si ses paroissiens ne viennent à sa fête que pour vider la buvette, ou meubler leur ennui, ils finissent, de toute façon, sans en être conscients, par s'asseoir autour du rideau pourpre comme autour de l'autel. Ainsi, pense-t-il, c'est une messe païenne, à laquelle ils assistent, donc une messe tout de même. Le transfert est élégant et, en ces temps où la révolte commence à gronder et où la parole de l'Église se dissout dans l'acide anarchique aux cris de *Dieu est mort* et autres blasphèmes similaires, c'est toujours ça de pris, *Ad majorem Dei gloriam.*

# 7

Ils sont assis dans la cuisine, autour d'une table en formica d'un jaune un brin excessif. Au milieu, une bouteille de vin rouge et deux gros verres épais. Le soir vacille comme un ivrogne. René a les mains encore pleines des lumières de la forge et l'abbé Delvault, qui sort d'un après-midi de confessions, a la soutane qui sent le péché véniel et ses parfums absolutoires. Ils ont, chacun à leur manière, élégamment rempli leur journée de travail, l'un rougeoyant l'acier, l'autre blanchissant les âmes, martelant ce pour quoi ils sont faits, du mieux qu'ils le pouvaient, sur la petite enclume de leurs destins.

L'abbé Delvault soulève son verre, puis rêvasse sans même boire. Par la fenêtre entrouverte pénètrent les odeurs mêlées de la forge qui sommeille, et du dépôt qui veille : fragrances de suie, de graisse, de braise, de fumée, d'huile de vidange, de charbon, de limaille et de piston surchauffé. Même l'arôme des rails lui monte jusqu'aux narines. Le paradis terrestre, à n'en pas douter, n'est pas ailleurs qu'ici, parmi les cheminots, entre locomotives et forgerons, dans ce quartier qui l'a vu naître et qui le verra sans doute mourir.

René lève son verre, ils trinquent, se sourient, les mots sont inutiles et s'encaquent d'eux-mêmes dans une boîte de ouate. Le soir trébuche et tombe, le monde a rétréci, la vie ressemble à une maison de poupée ; René et le père abbé ont l'amitié taiseuse. Le ciel et les nuages aussi.

Une locomotive siffle et ils comprennent tous deux, dans la langoureuse monotonie de ses trilles, que le vent a tourné et que le temps va se mettre au flocon. Déjà, par la fenêtre, la brume se violace et les bruits du dépôt, au loin, doucement cotonnent. La nuit porte dans ses nuages de petits bonhommes de neige qui ne demandent qu'à choir. Le jupon de l'hiver se met à dévoiler ses jolies chevilles blanches. On se croirait à l'aube d'un rendez-vous galant.

Bientôt, songent-ils de concert, les machines électriques vont remplacer définitivement toutes ces vieilles motrices dont on n'entrevoit plus que les pâles silhouettes qui somnolent, là-bas, dans les fumées en berne de leur propre déclin. Ils ont remarqué, ces derniers mois, que les locomotives à vapeur n'arrivaient plus ici comme des malades à rétablir mais comme des condamnées, à la queue leu leu, la chaîne autour du cou, sans espoir de retour. Le dépôt, jadis brave dame compatissante, ne fait plus fonction d'hôpital, de centre de soins ou maison de repos : c'est devenu un lieu d'équarrissage où la ferraille hurle sous la morsure du chalumeau. C'en sera bientôt fini de ces bouzines asthmatiques, de ces masses de fonte affectueuses, bonnes grosses mères fessues à qui des pelletées de charbon mettaient le feu au cul. La fée électricité promène désormais ses volts au cœur des caténaires, le charbon ne brûle plus, les fumées disparaissent, le ciel est bien trop bleu. Dans une excroissance déformant le grillage rouillé qui ceint l'ensemble de l'entrepôt, avachis et ignorants des tressauts qui les ont fourbus, quelques tonnes d'essieux enfilent déjà, en silence – colliers de perles tristes –, sur le long fil des ans, des métastases de rouille.

Ce monde va trop vite, soupire le père abbé : il est trop blanc, trop propre, il ne laisse presque plus de traces de suie sur le rebord des fenêtres pour signifier sa présence. Les trains électriques, rançon du progrès, tournent en rond, tragiquement, pour aller d'un nulle part très proche vers un nulle part trop lointain, en portant, sur leurs coussins, de plus en plus d'hommes affairés, de technocrates au regard triste, et de moins en moins d'enfants insouciants et rieurs. Mon père chasse leur mélancolie en remplissant les verres. Ils trinquent une fois encore. Mon père sourit, puis se renfrogne comme si une pensée triste venait brusquement d'émerger : « Au fait, père abbé, tu lui as demandé, au père curé, pourquoi il ne voulait toujours pas de majorettes à notre fête annuelle alors que toutes les autres paroisses en possèdent et qu'elles attirent dix fois plus de monde que ton vieux théâtre poussiéreux ? »

L'abbé demeure un instant les mains lasses et les yeux vides comme font les animaux dans les zoos lorsqu'ils constatent qu'on a troqué leur vaste Afrique contre deux mètres carrés de béton sans herbe.

« Oui, je le lui ai demandé.

— Et ?

— Il s'est énervé.

— Pourquoi ?

— Il m'a dit : "Enfin, l'abbé, ne vous y trompez pas : une majorette ça lève la cuisse, ça lève la cuisse et ça lève la cuisse ! C'est tout ce que ça sait faire ! Moi aussi je sais lever la cuisse, non mais, de qui se moque-t-on ?"

— Et t'as répondu quoi ?

— Que, effectivement, si on ne considérait que le côté purement mécanique, oui, ça lève la cuisse, qu'est-ce que tu voulais que je lui dise d'autre ?

— Et ?

— Il a continué de s'énerver en me lançant : "Enfin, l'abbé, réfléchissez : pourquoi vient-on voir défiler des majorettes ?"

— Et ?

— J'ai répondu : pour passer un bon moment, c'est tout.

— Et ?

— Il s'est énervé davantage.

— Il a dit quoi ?

— Ceci : "Je vais vous répondre, père abbé, et vous émonder d'un peu de votre prétendue naïveté : les mâles, puisqu'on les nomme ainsi, quand ils viennent voir des majorettes, ne font rien d'autre que de mater de la chair fraîche enrobée de bas résilles ! Ils viennent reluquer notre belle, tendre, naïve jeunesse qui, rendue folle par leur corps exalté dans le regard d'autrui, s'en trouve intérieurement dévergondée et ne sait plus alors marcher autrement qu'à cheval sur son entrejambe ! Tout n'est que sexe, désir camouflé et stupre déguisé ! Alors qu'une femme, et je ne devrais même pas avoir à vous le préciser, c'est autre chose qu'un simple paquet de viande !"

— Il y va un peu fort, non ?

— T'en penses quoi, toi, René, sincèrement ?

— Des majorettes ?

— Non : des femmes.

— Lesquelles ?

— Les femmes en général. »

Au travers des vitres de la cuisine, le cognassier du petit verger qui jouxte la maison, joliment éclairé par une espèce de contre-jour cinématographique distillant la lueur blême des gros lampadaires du dépôt, tord ses branches, veuves de feuilles, avec noirceur et pathos, comme s'il cherchait à appâter un éventuel Van Gogh. René a pitié de lui : tant de tourments pour si peu de lumière.

Il aimerait pouvoir répondre à l'abbé ce qu'il pense vraiment des femmes, de l'amour, du désir, de l'existence, de la neige, ou même du cognassier qui lui ouvre ses bras, mais il n'a pas les mots. Personne ne les lui a offerts. On l'a placé, à l'âge de quatorze ans, dans un atelier, debout devant une barre de fer, un établi et un étau. Et s'il s'est mis tout seul face à un dictionnaire, c'est pour tenter de s'ouvrir les portes du savoir. Il échouera. Jusqu'à sa mort il le dira et le martèlera : qu'il parvint, certes, à réussir, dans sa vie, des choses plutôt conséquentes qu'on nommera jolies, mais que, hélas, il ne fit, au bout du compte, que passer à côté de l'essentiel.

Une locomotive à vapeur, peut-être une des dernières à mugir au quartier, rampe sur les rails comme une bête blessée, puis hoquette, râle, crache un gros ruban de fumée noire, sorte de chant du cygne sauvage et mélodieux, et il se dit, René, que s'il pouvait parler, ou écrire, comme le font poètes et romanciers, il le ferait avec ce que la vie lui a mis sous les yeux depuis qu'il est au monde : le dépôt.

Il sent, si la grâce un jour lui échoyait, qu'il ne

pourrait pleinement exprimer ses émotions qu'avec des mots de feu, de fer, d'acier, de fonte, des mots sans fioritures, sans dentelle au poignet, ou poudre de riz sur le nez, des mots de cheminot que l'on peut empoigner à deux mains et taper sur l'enclume sans froisser leur pourpoint. Mais il n'y parvient pas ; n'y parviendra jamais. C'est peut-être pour cela qu'il est devenu forgeron, qu'il a fait de la boxe. Pour cela qu'il cogne du matin jusqu'au soir sur des barres de fer, et, certains jours, sur les visages de chair de quelques adversaires. Semblable au cognassier, il fait ce qu'il peut pour que de lui émane un semblant de lumière. Il échouera, bien sûr. N'est pas Hugo qui veut.

Il faut l'imaginer, mon père ce héros, roi du monde et boxeur, assis dans la cuisine, les doigts encore gourds de tous les martèlements, les mains encore pleines d'escarbilles et de foudre, ouvrir son dictionnaire, son *Larousse illustré*, et recopier des mots, au hasard de leurs formes, de leurs sonorités, de leur place dans les lignes, de leurs bizarreries ou de leur orthographe. Ou ne pas recopier et simplement tomber sur l'un d'eux dont il connaît le sens mais dont il se demande comment il parviendrait, dans son quotidien, à le tordre sous sa langue pour construire avec lui des phrases aussi belles et volubiles que les fers emmêlés qu'il façonne dans son atelier sans même se demander comment il faut s'y prendre tant la chose va de soi quand ses mains habiles lui tracent le chemin.

Tiens, *amour*, par exemple, le simple mot *amour*, ce petit mot de rien qui sature les chansons et truffe les opérettes, et que sans grand effort, ni imagination, le moindre rimailleur unit avec *toujours*. Qu'en sait-il, dans le fond, de l'amour ? Que pourrait-il en dire à son épouse qui dort, à son enfant qui rêve, dans la chambre d'à côté ? À sa mère qui est morte, il n'a rien pu en dire, de son amour pour elle, un amour douloureux et soumis, craintif et tristement contraint.

Page 39. Le mot est toujours là, posé dans une colonne à même le papier, entre *amouillante* et *amouracher*, sur une page où sont dessinés un *amphioxus* (animal marin pisciforme), un *amphithéâtre* et une *amphore* qu'il ne remarque pas, absorbé qu'il est par la seule contemplation de ce terme dont il découvre combien jusqu'à présent, il en avait sous-estimé l'importance : *amour*. Amour de son épouse et amour de leur fils ; amour des hommes, de Dieu ; amour de la boxe, de l'opérette et du théâtre ; amour des mots, des lettres. Amour, aussi, du père absent et de la mère morte qui aura tant trimé pour l'élever seule et qu'il ait un métier. *Amour*. Il l'épelle mentalement, s'étonne de la maigreur : trois voyelles et deux consonnes, ça ne pèse pas lourd pour les dégâts que ça fait.

« À quoi tu penses, René ?

— À l'amour.

— Et t'en penses quoi ?

— Pas grand-chose, sinon que ça n'est pas bien épais.

— Seul l'amour de Dieu l'est. »

Face à une telle réplique, même le cognassier, dehors, ne sait plus que dire, ni que faire, sinon se rapetisser à l'idée qu'il doit peut-être sa sève, et donc son existence, à celui que l'abbé vient présentement de citer, avec une majuscule, ce Dieu omnipotent, créateur de la terre, du ciel, des étoiles et des coings, et face auquel il aurait pu, afin de le louer, s'agenouiller, si ce dernier avait eu l'idée de lui donner des jambes, avec rotules, genoux, et deux mains pour prier.

« Tu voulais me dire quoi, au fait, père abbé ?

— Quand ça ?

— Tout à l'heure, quand t'es entré, tu m'as dit : René, il faut que je te parle.

— C'est vrai… Mais… C'est… Comment dire…

— Bah qu'est-ce qu'il t'arrive, tu ne vas pas commencer à prendre des gants pour me parler quand même…

— Justement, il s'agit de gants.

— Alors accouche, cours pas autour du ring.

— D'accord, j'irai droit au but : arrête la boxe, René.

— Et pourquoi j'arrêterais ?

— Tu as atteint le sommet, tu sais très bien ce qu'il y a de l'autre côté.

— Un autre sommet.

— Non : la redescente. Déchéance et KO, ce fameux knock-out que tu as déjà offert à bon nombre d'adversaires mais que tu n'as jamais subi. Tu sais au moins ce que c'est qu'un KO ?

— Je te remercie, je ne suis pas con à ce point.

— Je ne parle pas du mot, mais du processus physiologique.

— Le cerveau qui déconnecte.

— Exactement : sous l'impact du coup, le cerveau, qui flotte dans le liquide céphalo-rachidien, vient heurter la table interne de la voûte crânienne, ce qui provoque, soit une perte de conscience immédiate, soit un décollement d'une plaque de cholestérol ou d'athérome qui peut générer un accident vasculaire cérébral.

— J'ignorais que t'avais fait aussi médecine, père abbé.

— Arrête de m'appeler comme ça, merde, sinon c'est moi qui vais finir par te l'offrir, ton premier KO !

— Je te rappelle que je l'ai déjà eu, et que c'est bien toi qui me l'as mis. »

La première fois que mon père vit son ami d'enfance revêtu de la traditionnelle soutane ecclésiastique, et bien que préparé à cette idée, et donc à cette vision, il en eut le souffle coupé. KO debout. Il en conçut une sorte de blocage affectif d'une telle ampleur qu'il cessa spontanément, et définitivement, de l'appeler Pierre, ou Pierrot, comme il l'avait fait pendant plus de vingt ans. Il le nomma dès lors : *père abbé*. Ce dernier en fut surpris. Et même un brin contrit. Il eût préféré que tout demeurât comme avant mais la soutane avait bâti, dans la tête de mon père, une sorte de muraille invisible et sacrée ; un interdit divin. Pierrot, par manque de choix, finit par s'en accommoder même si, parfois, ces deux mots sempiternellement accolés l'agaçaient sérieusement. Quant au reste, dans le fond, rien de changé : l'un matait le fer sur l'enclume et dans le feu de la forge, l'autre matait les âmes dans les enfers douillets et fréquemment frisquets de son confessionnal ; et l'on se retrouvait, à l'heure de l'apéro, aussi joyeux que jadis à celle du goûter.

« Je n'ai pas fait médecine, bougre d'idiot, mais réponds-moi plutôt : tu y as déjà pensé au KO, le vrai, celui qui te laisse en fauteuil roulant, paralysé, dans le meilleur des cas ?

— Je n'ai jamais eu peur de mourir sur un ring.

— Et mourir sur scène, comme Molière, ça te plairait ?

— Si j'avais le choix, je préférerais mourir dans une opérette. En chantant *Mexico*. La mort idéale… d'ailleurs, en parlant d'opérette, je tiens à te signaler que j'ai, mine de rien, pas mal avancé dans l'écriture de la mienne. »

René se lève, ouvre un tiroir, en sort un petit carnet, couverture cartonnée, bleu foncé, ou peut-être bleu nuit. Il le feuillette, relève la tête, semble vouloir lui lire quelque chose de profond ou d'intime. Hésite. Toussote. Respire.

« Avant de te donner un aperçu, j'aimerais juste que tu répondes sincèrement à ma question : tu lui en as vraiment parlé, au père curé, de mon idée de monter une opérette sur le dépôt, avec des cheminots et des boxeurs ?

— Évidemment, puisque je te l'avais promis.

— Mais tu lui en as parlé comment : comme ça, vite fait, entre un *Pater*, deux confessions et trois génuflexions, ou t'es entré dans les détails, en lui montrant combien l'idée était géniale ?

— J'ai eu envers lui, à ton égard, une démarche de VRP quasi professionnelle.

— Tu te fous de moi ?

— Pas du tout.

— Et alors ? Résultat des courses ?

— On ira le trouver, ce sera plus simple, il t'expliquera. »

8

L'église Saint-Martin des Chaprais est assez laide : il est préférable d'avoir la foi avant d'y entrer. L'architecte qui l'a conçue ne fut guère inspiré, l'ange qui guida son té a dû se prendre les plumes dans le ventilateur et se gaufrer sur la table à dessin car c'est une bien pauvre église qu'on a là sous les yeux, indigne de la foi qu'elle prétend blottir entre ses murs. Elle n'a rien de commun avec ses somptueuses consœurs gothiques qui élèvent l'âme, ses romanes qui la confinent, ses baroques qui la cisèlent. Elle ne possède aucun narthex édifiant, aucun triforium dentelé, aucune nef vertigineuse. Ni grand vaisseau biblique, ni grand livre de pierre, elle n'est somme toute qu'un gros tas de pierres dans lequel il fait froid. René et l'abbé y pénètrent par un petit sas de deux portes capitonnées, leurs pas résonnent dans des odeurs d'encens et de feuilles mortes, une nuit sans espoir recouvre le dallage et les vitraux font ce qu'ils peuvent pour offrir l'illusion d'une rédemption céleste qui, ici, n'est pas gagnée d'avance.

Accroché à l'un des murs du transept, un immense tableau pompier d'au moins six mètres sur quatre représente le saint éponyme de la paroisse et conte, de façon enfantine et lapidaire, l'histoire de sa canonisation : Martin, alors simple soldat romain, baguenaude à cheval dans la campagne. C'est l'hiver. Il neige. Il rencontre un mendiant. Affligé par ce parangon de la misère humaine qui se gèle les broquettes dans un hiver glacial qu'une perspective approximative voudrait nous faire accroire parente de l'infini, il se saisit de son glaive et déchire une partie de sa cape – la moitié, paraît-il – dont il vêt le souffreteux. Le tableau et l'histoire s'achèvent à l'instant où Martin, demi-cape à la main, se penche vers le misérable qui, bras tendus, s'apprête à recueillir le tissu calorifère. On n'en saura pas plus, sinon qu'il lui en pousse une auréole, au bon Martin, comme au cocu des cornes.

René et l'abbé traversent la nef à pas feutrés et découvrent le père curé, légèrement à leur droite, orant, agenouillé sur un prie-Dieu, seul dans l'église, face à un Christ enchâssé dans une niche de pierre. Les yeux mi-clos et les mains jointes, son haleine projetant d'infimes geysers à l'unisson de son souffle, il prie. Soyons intègres : il ne prie pas vraiment, il balance entre sommeil et foi. Un gros plan sur son visage nous cadre ses paupières : lourdes et distraites. Un léger tic déforme ses lèvres : sa somnolence est mouvementée. Une espèce de hoquet intérieur, dû autant à l'ingestion d'une cuisine trop grasse qu'à des tourments mystiques, fait tressauter son corps : le prie-Dieu s'en émeut. Craignant de perdre l'équilibre, il ouvre grand les yeux, se rattrape au missel assoupi, s'ébroue comme un cheval trempé et découvre mon père et l'abbé qui, par-devers lui, gentiment, dans la travée centrale, pareils à des rois mages, semblent processionner. Le père curé s'émeut de leur présence :

« Que faites-vous là, mes enfants ?

— Nous avions rendez-vous à quinze heures, mon père, répond l'abbé Delvault.

— Rendez-vous ici ? s'étonne le père curé.

— À la cure, répond l'abbé Delvault.

— Alors que faites-vous ici si nous avions rendez-vous à la cure ?

— Il n'y avait personne à la cure et il n'est pas loin de seize heures, répond l'abbé Delvault.

— Je priais, répond le père curé. Le monde, plus que jamais, a besoin de prières. »

Ils sortent de l'église. Dehors, de jolis petits flocons tombent comme des anges blancs ; c'est du moins ce qu'en dit le père curé, ajoutant par ailleurs :

« Flocons, jolis flocons... Monde blanc, monde pur, comme il devait sans doute l'être à sa première aube. Tu ne crois pas, René, que tout n'était que blanc, pureté et candeur, quand Dieu créa le monde ?

— S'il neigeait, mon père, effectivement, ça devait être blanc de partout.

— Jolie réponse, mon fils, tu aurais pu être poète. »

Le père curé s'arrête et semble réfléchir.

« Au fait, mon bon petit René, ça me revient brusquement : il paraît que tu t'amuses à faire le diable, sur la scène du Théâtre municipal, avec des artistes de Paris ?

— Des rôles qui arrondissent surtout mes fins de mois.

— Le diable, tout de même... enfin, René, franchement, c'est moi qui t'ai baptisé, tu aurais pu trouver autre chose, non ?

— Je prends ce qu'on me propose.

— Dieu, diable, stupre et perversion. On n'en sortira pas. »

Le père curé s'arrête et semble réfléchir.

« Savez-vous, père abbé, ce qui m'est arrivé avant que je ne vienne prier en cette église ?

— Non, père curé, je l'ignore.

— Les majorettes, vous savez ce que c'est, je présume ?

— Bien sûr.

— Une gamine, tout à l'heure, est venue à la cure.

— Et ?

— Vous pouvez me tenir un peu sous les bras, s'il vous plaît, parce que ça glisse pas mal, avec cette première neige, et je n'ai guère envie de me ratatiner. »

Mon père et l'abbé le soutiennent. Ils traversent la cour, puis la rue qui la borde, parviennent face à la cure, gravissent les marches qui conduisent aux appartements, pénètrent dans l'entrée, sorte de corridor aux odeurs de friture, de suif et de moisi, se dirigent vers ce qu'ils nomment le salon, étroite pièce emplie de bondieuseries, de missels frelatés, de sermons épars, de cierges consumés, de médailles pieuses et de tableautins représentant soit le Christ, soit la Vierge, soit saint Martin, ainsi que quelques chromos bibliques et coutumiers, Abraham, ou Moïse, Samson mais rarement Dalila.

Ils s'assoient.

« Et que vous est-il donc arrivé, mon père ? demande, faussement intéressé, l'abbé Delvault.

— Une gamine de la rue des Cras, je ne sais plus comment elle s'appelle, sa mère travaille à l'usine de montres.

— Marcelle ?

— Non, sa sœur, celle qui doit faire sa confirmation le mois prochain, celle qui vous raconte des horreurs, au confessionnal, c'est vous qui me l'avez dit.

— Françoise ?
— C'est ça.
— On la surnomme Ninette.
— Peu importe son surnom. Savez-vous ce qu'elle voulait ?
— Dites-nous.
— Mon autorisation pour monter une troupe de majorettes et venir répéter dans notre salle paroissiale ! Et savez-vous comment elle était ?
— Je l'ignore.
— En pantalon ! À la cure, en pantalon, comme un garçon ! Mais ça ce n'est rien, attendez la suite !
— J'attends.
— Elle était maquillée !
— Vous voulez dire…
— Si, je vous l'affirme : à la cure, en pantalon, et maquillée ! Mais ça n'est hélas pas tout : savez-vous ce qu'elle a osé faire, cette effrontée ?
— Comment le saurais-je ?
— Elle m'a regardé droit dans les yeux !
— Notre jeunesse a le diable au corps, dit calmement l'abbé.
— Et vous ne savez pas encore tout ! Vous n'imaginerez jamais ce qu'elle avait dans la bouche ! »

Le sang de l'abbé se fige. Une image d'une infernale obscénité qui, malgré sa chasteté, ou peut-être à cause d'elle, chaque nuit vient le visiter afin de tester sa vocation, et qu'il combat, dans ses rêves, à grands seaux d'eau bénite qu'il doit aller puiser aux sources les plus secrètes de sa foi, image d'une telle impudicité que le Seigneur Lui-même n'eût pas osé l'envoyer à saint Antoine en guise de suprême tentation, cette image honnie, provoquée par la question du curé, est à nouveau là, devant lui, pleine d'une telle évidence charnelle qu'il ne peut réprimer un cri :

« Non !

— Si, dit le curé : un chouine-gomme ! Mais vous rendez-vous compte que notre monde, façonné par deux mille ans de prières et de privations, est en train de s'écrouler ? En pantalon, à la cure, maquillée, un chouine-gomme dans la bouche, et me regardant crânement, dans le blanc des yeux, comme si j'étais un poisson dans un aquarium. Et tout ça pour oser me demander la permission d'aller montrer ses cuisses aux mâles, en jupette, dans un habit de majorette ! »

Mon père, pour faire bonne figure, alors qu'il aime les majorettes à tel point qu'il souhaiterait qu'on en place dans toutes les opérettes, y compris celles qu'il imagine et tente en vain d'écrire, se croit contraint de ramper dans la courtisanerie.

« Si ce n'est pas malheureux, marmonne-t-il.

— Mais c'est comme ça partout, René, ne faisons pas l'autruche, et s'il faut appeler les choses par leur nom, moi je te le dis : le diable, ça n'est pas celui que tu joues au Théâtre municipal pour gagner quatre francs six sous, le diable, c'est le sexe !

— Oh, souffle le père abbé.

— Oui, père abbé, ne faites pas ces yeux de merlan frit, vous le savez tout aussi bien que moi : il n'est plus possible d'échapper à toute cette chair étale, le sexe est maintenant partout. Jusque dans la rue ! Et même si on ne veut pas les voir, on est désormais obligé de les regarder, de les subir, toutes ces publicités qui dévoilent les chutes de reins de femmes sous la douche alors que nos bonnes vieilles réclames, elles, ne montraient que les savons. Et ailleurs, c'est encore bien pire : les congés payés dévoient les corps sur des plages impudiquement mixtes, le septième art a trivialement remplacé les six autres et jette à la face de tous ces infidèles entassés comme des porcs dans des salles obscures, des baisers de quatre mètres sur deux et des maillots de bain décolletés vingt-quatre fois par seconde ! J'essaie de lutter, à la paroisse, avec des spectacles familiaux, j'essaie de résister, chaque dimanche après-midi, avec des films de bonne moralité, j'appelle au secours Jean Marais, sa cape et son épée. Mais c'est peine perdue ! Toute notre belle jeunesse adolescente s'en va vers les écrans du centre-ville, reluquer des étreintes et du cotillon frais. Et je ne parle même pas de ces femmes mûres qui, sous prétexte qu'elles se sont libérées des corvées ménagères, ont rouvert à leur façon les salons littéraires des siècles passés : Madame de Sévigné, vautrée dans son living, vend des Tupperware à la criée ; Madame de Pompadour fume des blondes américaines en buvant du gin-fizz ; Jeanne d'Arc frotte son heaume au tampon Jex. Et elles ne parlent plus que de bas nylon indémaillables, de bigoudis frisants, de vaisselle en pyrex, de tables en formica, d'électroménager, de contraceptifs, de vernis à ongles, de minijupe, d'amour libre, mais jamais de Dieu ! »

Il se lève en furie, réordonne nerveusement quelques revues, *La Croix* ou *Le Pèlerin*, que le bas de sa soutane vient tout juste de malmener, puis marche de long en large, devient fébrile et rouge :

« Et le communisme, les syndicats, les vaisseaux spatiaux qui veulent nous faire croire que les Cieux sont vides : comment lutter contre eux ? Ce siècle est celui des extrêmes, des illusions fanées, des espérances flétries, des valeurs inversées. Tout part à vau-l'eau : l'excommunication est devenue moins importante qu'une partie de baby-foot, le mariage et le baptême ne sont plus salutaires qu'aux marchands de dragées, les enterrements sont une annexe du troquet, même le latin ne les impressionne plus ! À tel point que l'on parle de dire la messe en français et de s'adresser à Dieu en le tutoyant. Tutoyer Dieu ! Et pourquoi pas l'appeler par son prénom pendant qu'on y est ! Ils n'ont donc servi à rien les bûchers, les guerres de Religion, l'Inquisition, les schismes et les querelles papales ? À rien ? C'est l'éternel problème, vous le savez aussi bien que moi : à vouloir gouverner seuls notre grande république des âmes, les hommes qui se disent modernes finiront par retourner à l'âge de pierre, vêtus de peaux de bêtes et de péchés mortels. Et s'ils persistent à rester totalement incultes, ils risquent d'être happés par le premier faux dieu qui jaillira du sol ou qui leur tombera d'un autre ciel que le nôtre : le pétrole, la faucille, le marteau, le fusil, le dollar, le préservatif, la carte syndicale, le bas résille, le bulletin de P.M.U., le verre de pastis, le réfrigérateur ou le téléviseur ! L'agonie de Jésus, qui dure depuis deux mille ans, est en train de s'achever sur un hoquet malpropre. La décadence est totale, vous m'entendez, l'abbé, tu me comprends, René : les jeunes filles se maquillent à un âge de plus en plus précoce, enfilent des pantalons et mâchent du chouine-gomme, même à la cure ! On n'entend plus parler que de "faire l'amour", de pilule contraceptive, de musique de zazous, de majorettes qui lèvent la jambe, et vous savez la dernière : d'opérette ! Oui, mes amis, j'ai appris qu'on voudrait, en ma paroisse, en lieu et place de ma petite fête annuelle, monter une opérette ! Tu veux que je te dise, René : si ça continue comme ça, on finira pas ouvrir des bordels dans les wagons désaffectés ! C'est pour toutes ces raisons que jamais, entendez-vous, jamais on ne touchera à ma petite fête annuelle qui est la seule part de paradis terrestre que je suis parvenu à préserver et à offrir à ce bon et brave peuple d'âmes qui vit entre nos rues et que le monde actuel ne cherche qu'à pervertir ! »

René et le père abbé se regardent, angoissés, ayant enfin compris le manège du vieux singe, lequel, juste avant de s'affaler dans son fauteuil au cuir usé protégé par une dentelle grise, expire ces derniers mots : « Je suis cerné, mes amis, trahi de partout ! Majorettes, opérette, et pourquoi pas branlette pendant qu'on y est ! J'en perds la foi, l'espérance et la tête ! Faut-il que j'imite saint Martin, que je déchire ma soutane, que j'en donne la moitié au peuple communiste et que j'aille m'exhiber cul nu sur des écrans de quatre mètres sur deux pour attirer les foules ? »

Il souffle laborieusement, locomotive exténuée, et murmure, un peu chafouin et l'air de rien :

« Je m'emporte comme un adolescent fougueux, Dieu me pardonne mes faiblesses car j'en oublie tous mes devoirs. Nous avions rendez-vous, effectivement. Que voulais-tu donc me dire, mon bon et brave René ?

— Euh... eh bien... ma foi... je... c'était pour... je ne sais plus trop... vous saluer... voir si tout allait bien.

— Je vais bien, je te remercie, mon fidèle René, d'être passé prendre de mes nouvelles, et d'ailleurs cela tombe très bien car je tenais à te rappeler qu'on t'attend, à notre petite fête de la Saint-Martin : la paroisse a besoin de talents, tu es notre champion, ne donne pas le meilleur de toi-même aux philistins du centre-ville. Cesse de faire le diable chez les bourgeois, viens plutôt jouer l'ange pour les pauvres de notre quartier, le Ciel t'en remerciera. Je dirais même plus, il s'en souviendra quand sonnera pour toi la dernière cloche et que tu viendras, gentiment, reposer entre ses bras. Qu'en pensez-vous, père abbé ?

— Que dire d'autre, après une telle envolée, sinon amen.

— Oui, amen. Que Dieu soit avec vous, mes enfants. »

# 9

Heureusement pour mon père et pour l'abbé Delvault, le destin – nommons-le ici Dieu – entendit leurs prières et exauça, en quelque sorte, leurs vœux. Par un matin de janvier, peu de temps après leur rencontre au cœur du presbytère, le curé de la paroisse Saint-Martin des Chaprais prit doucement la route qui mène vers le chemin des morts. Opérette et majorettes eurent, peut-être, raison de ses ultimes forces. Il mourut ardemment, et douloureusement, dans les fièvres et les convulsions d'une maladie au nom latin nichée dans ces endroits du corps sans décorum, quelque part entre scrotum et rectum, en ces lieux mal famés où l'âme cherche un refuge quand tout s'est écroulé.

L'hiver, qui avait démarré rudement, avec neige et glaçons, s'était brusquement radouci et les fossoyeurs, plantant leur pelle dans une terre lourde et grasse, ne le maudirent pas trop, ce qui, pour entrer dans l'éternité, est un viatique plus efficace que toutes les eaux bénites et les fumées d'encens.

À la messe d'enterrement, puisqu'il avait été aumônier militaire durant une guerre ou deux, de vieux poilus inconnus du quartier, gueules cassées rescapées d'on ne sait trop quelles tranchées, levèrent tant bien que mal, dans des baudriers de cuir, des étendards aussi lourds qu'eux. Le cercueil dans lequel reposait le père curé avait été recouvert d'un drapeau tricolore rehaussé d'un petit coussin de velours garance sur lequel étaient plantées ses décorations et médailles militaires. Vers la fin de la messe, les porte-drapeaux s'alignèrent en deux parts égales de chaque côté du catafalque et inclinèrent leurs hampes aux étamines desquelles ballottaient des glands d'or. Les vieilles dames de la chorale, dépassées par le faste et l'arroi, ne chantaient plus vraiment, et les notes frissonnantes de leurs voix aigrelettes, sur les dalles de la nef, crissaient comme des pneus. L'assemblée tout entière, affligée par l'idée de ce corps marmoréen reposant dans le chêne d'un cercueil matelassé de satin, commençait quand même à trouver la cérémonie un tantinet longuette.

Par chance, de dehors parvint le meuglement de la sirène du dépôt qui annonçait midi. Il était temps. La douleur c'est comme la révolution, il faut que ça s'arrête aux heures des repas, sinon ça ne ressemble plus à rien. Ce fut alors qu'un poète amateur, ou se prétendant tel, serre-frein de métier, ou simple mécanicien, quoi qu'il en soit cheminot, se leva, se dirigea vers le maître-autel, posa une feuille sur le lutrin et récita, tandis que sonnait le glas, un texte qu'il avait écrit à la mémoire du curé. Il s'agissait d'un sonnet de facture classique, quatorze vers en deux quatrains sur deux rimes embrassées et deux tercets, élégamment troussé, et qui résumait, avec des mots de travailleur, la grandeur et la vanité de cet amas de jours et de nuits dont est constituée chaque existence humaine. Mais comme toutes les pensées, guidées par l'estomac, s'étaient déjà tournées vers la soupe, personne n'écouta son texte joliment chantourné. Seules quelques irrécupérables bigotes que la moindre bondieuserie aiguillonnait, eurent l'oreille chatouillée par la sapience du dernier alexandrin : *Qu'importe le chemin pourvu qu'il mène à Dieu*, qu'elles prirent, dans l'extase permanente qui les nimbait, pour une formule doxologique à laquelle elles répondirent par un mécanique et machinal *amen*.

## 10

Après les funérailles du père curé qui furent célébrées avec l'élégance, la poésie, l'étiquette et le faste qui lui étaient dus, l'abbé Delvault avait été, provisoirement, nommé responsable de la paroisse en attendant qu'un curé fût, par l'épiscopat ou l'évêché, nouvellement élu. Il serait déplacé de faire croire que la mort de son supérieur hiérarchique l'avait profondément affecté mais, en homme de foi, il devait témoigner d'un minimum d'affliction. Non que son cœur fût de marbre et qu'il se moquât d'avoir perdu un compagnon de missel, mais sa tête était ailleurs. Il ne songeait plus qu'à une seule chose : le nouveau spectacle théâtral dont il se chargerait bientôt.

La mort du père curé l'avait libéré d'un fardeau. Il pouvait enfin, tout en respectant un implicite cahier des charges dû autant à son rang qu'à sa fonction, décider de la tournure que prendrait son affaire : majorettes, historiettes, saynètes, pantomimes, tragédies ou vaudevilles. Les propositions de René, florilège de chansons sur le dépôt mettant en scène un assortiment de cheminots et de boxeurs, ne l'enthousiasmaient qu'à moitié. Il n'osait le lui dire car il sentait qu'il lui fallait chercher ailleurs, plus grand, plus haut, plus fort ; une idée moins mièvre que l'opérette, moins violente que la boxe, moins érotique que les majorettes.

Par un matin de printemps, l'abbé, comme à l'accoutumée, pénétra dans la petite église qu'il gérait désormais par intérim, passa sous l'immense tableau polychrome représentant saint Martin déchirant son manteau afin d'en offrir la moitié au fameux pégrelu frissonnant sous la neige, s'agenouilla, se signa, pria brièvement pour le manteau déchiré et le pauvre congelé, puis se redressa, ôta quelques pétales à des fleurs qui gisaient sous ses yeux dans un des nombreux vases, flâna sous les vitraux, déambula le long du chemin de croix, et contempla les différents tableaux illustrant les stations : *Jésus est condamné à mort* ; *Jésus rencontre sa mère* ; *Jésus tombe pour la deuxième fois*. Ainsi de suite jusqu'à la douzième et antépénultième station de son chemin de douleur : *Jésus meurt sur la croix*. Un sanglot le secoua. Les clous, le sang, la couronne d'épines. Cette cruauté lui était parfois insupportable. Il eût aimé pouvoir réécrire l'histoire, trouver une autre issue que celle de la mort et de la résurrection pour étayer la foi : que Jésus se déclouât, qu'il sautât sur le sol, qu'il châtiât Romains et Juifs comme il avait si bien su le faire pour les marchands du temple.

Et c'est là que, soudain, un éclair en sa tête jaillit : Jésus aurait dû être boxeur, et sur le ring du Golgotha les mettre tous KO. Étant donné sa taille et tel qu'il est d'ordinaire représenté dans les tableaux consacrés, calvaires ou crucifix, Jésus devait faire dans les un mètre soixante-dix-huit et eût été vraisemblablement classé, vu son peu de masse adipeuse, dans la catégorie des poids moyens.

Ce fut le vrai déclic, celui que seule la Grâce – c'est-à-dire le Seigneur, en ces lieux consacrés – parvient à provoquer. Il la tenait, sa nouvelle idée théâtrale, celle qui allait parvenir à hisser les masses à hauteur du sublime. Il en avait plus qu'assez de tous ces soi-disant spectacles qui, s'ils maintenaient le peuple dans un certain apaisement, ne l'élevaient pas, mais le rapetissaient, le confortaient dans sa paresse d'esprit et dans sa léthargie tant intellectuelle que spirituelle que lui-même, hélas, par manque de choix, avait été contraint, toutes ces années, de cautionner. Cela appartenait à présent aux strates du passé. La solution venait clairement de lui apparaître, là, sous ses yeux : *La Passion de Notre Seigneur Jésus-Christ* mise en scène par lui-même. Avec les paroissiens en guise de figurants mais avec, surtout, dans le rôle de Jésus, beau, jeune, fort, puissant, invincible et gloire de notre ville : notre champion de France de boxe amateur catégorie poids moyens. Mon père ce héros.

Ce qui, de plus, remettrait un tantinet les pendules à l'heure. Car depuis sa victoire, mon père, dans le quartier, avait été sacré roi des corps et des cœurs. Et, tout ami d'enfance fût-il, il ne faudrait tout de même pas, se dit l'abbé, qu'il prenne trop d'importance et aille jusqu'à faire croire au populo que la terre commande au Ciel. Il n'existe qu'un seul roi : Celui qui est Là-Haut. Il serait utile, conclut l'abbé, de se servir de l'un pour glorifier l'Autre.

Il sort de l'église, se signe en une génuflexion aussi fervente que gracile, puis note sur son petit carnet secret cette formule qui vient de surgir de son cerveau et dont il est joliment fier : *Se servir de l'un pour glorifier l'Autre.*

## 11

Moins de deux mois plus tard, l'annonce est officielle et nul dans le quartier ne pourra l'ignorer : l'abbé Delvault montera, pour les fêtes de Pâques de l'an prochain, un spectacle qui dépassera, en ambition, le cadre traditionnel des médiocres prestations paroissiales, et qui écrasera, par sa splendeur, celles des quartiers environnants. Ayant compris que la médiocrité n'engendrait que la médiocrité, il a décidé qu'il fallait frapper un grand coup pour élever les âmes, avec son idée quasi hollywoodienne : mettre en scène *La Passion de Notre Seigneur Jésus-Christ*. Avec décors, figurants, procès, bons et mauvais larrons. Tout le tintouin, comme dans le bouquin. Et les moyens du bord, il va de soi. Il y a réfléchi pendant deux mois, a tout mis en place dans sa tête, et, sûr de son coup, a attribué le rôle du Christ à René, sans envisager une seule seconde qu'il pouvait y avoir un léger problème de casting. Car mon père aime son ami, mais pas les spectacles paroissiaux. Depuis toujours, il refuse d'aller jouer dans ces gaudrioles approximatives qu'il considère comme pur produit de scoutisme ou de colonies de vacances, et qu'il nomme d'ailleurs en ricanant : théâtre d'eau bénite. Il préfère, de loin, les petites opérettes qu'il met en scène dans sa cuisine, aussi naïves soient-elles. Ou ses rôles d'acrobate et de guignol qu'il interprète sur la grande scène du centre-ville. C'est ce qu'il lui a répondu, sans prendre de pincettes, quand l'abbé, exalté, est venu, tel un ange Gabriel sur sa motocyclette, lui annoncer la grande et bonne nouvelle : « J'ai assez à faire, entre la forge, la boxe, ma femme, mon fils, mes opérettes dont tu ricanes et le Théâtre municipal qui me donne mon argent de poche. Désolé, père abbé, mais tu connais mon peu de goût pour le péché du monde qu'on cherche à nous fourguer. Moi je suis né pur, et je mourrai pur. C'est pas ton Ève ou ton Adam qui vont m'enlever mes fringues pour une feuille de vigne. Franchement, ne te vexe pas, mais j'ai autre chose à faire de ma vie. »

Il ne ment pas, il a vraiment autre chose à faire. La preuve : seul dans le vestiaire, on l'attend incessamment sur le ring. Simple séance de travail. Petit combat en trois rounds. Il enfile son casque de protection, essore son protège-dents du même geste que l'on fait pour secouer les salades, le cale dans sa mâchoire, écrase ses maxillaires pour le mettre en bonne et juste place, enfile un à un ses deux gants d'entraînement, plus légers et compacts que les gants de combat, sautille un peu sur place, quelques mouvements de nuque, fait baller ses deux bras comme un qui serait pris de la danse de Saint-Guy, sort du vestiaire, aperçoit le ring peu éclairé, sale et gris dans la froideur du gymnase que tente de chauffer un ridicule poêle à bois au côté duquel grelotte son entraîneur. Sur le ring, courant tel un gamin dans une cour d'école, son pote et sparring, Lucien, dont l'haleine est palpable. Dans la salle, quelques chaises vides, balais et serpillières, un ou deux punching-balls, des sacs de frappe au cuir troué, de vieux tapis de gym, des haltères, une grosse balance en fonte qui ressemble à une pendule comtoise.

Il l'aime, cette salle. C'est grâce à elle et à son indigence qu'il est devenu champion. C'est contre ça, aussi, qu'il s'est battu. Par fierté. Pour être au-dessus de cette misère, financière ou littéraire, maternelle ou orpheline, et se prouver à lui, et à tous ceux du club, que l'essentiel est en chacun, que le destin est comme un fer rougi à blanc que l'on peut plier sur l'enclume et auquel on peut donner la forme que l'on veut. Suffit d'avoir le bon marteau et de taper là où il faut. D'avoir la foi dans ce que l'on fait. Si l'on ne possède pas les mots pour nommer notre gloire, qu'on ait au moins les poings pour en graver les traces.

Il enjambe les cordes, monte sur le ring, salue Lucien gant contre gant, va dans son coin, attend que l'entraîneur leur balance un coup de sifflet, équivalent du gong, quand soudain la porte du fond s'ouvre sur l'abbé Delvault qui entre, s'assied, petit salut complice entre champion et lui, l'un du bout des doigts, l'autre du bout des gants.

Mon père ignore si, dans les années qui viennent, il va vraiment persister à boxer. Sa femme l'en dissuade, le père abbé aussi. Il ne sait pas trop. Soit il passe professionnel, mais pas facile, métier trop incertain, gains aléatoires, on n'est pas aux États-Unis. Ici, en France, les bourses sont dérisoires, et en francs, pas même en dollars, et puis il faudrait déménager, monter à la capitale, ou dans sa banlieue, changer de région, abandonner sa forge, non, rien que d'y penser ça lui donne la nausée. Donc rester amateur. Mais pour quoi faire : redevenir champion de France ? Il l'a déjà été. Boxer pour le plaisir ? Il a passé l'âge. Ses plaisirs sont ailleurs.

« René, monte ta garde, merde ! T'es où là, sur un ring ou dans un dancing ? »

Il monte sa garde, mon père, envoie quelques coups, directs, crochets, mais d'une telle mollesse et avec si peu de conviction qu'en moins d'un quart d'heure Lucien s'en retourne dans son coin, enlève gants, casque et protège-dents, et redescend du ring. Même pas en colère. Il était venu pour s'entraîner, pas pour la danse des canards. Pas grave, il y a des jours sans grâce.

L'abbé en profite, s'approche du bord du ring, sort son paquet de clopes, en offre une à l'entraîneur ; ils fument en silence. Mon père est couché, dos bien à plat sur le tapis du ring, jambes croisées, bras écartés. Il ferme les yeux et grimace comme un qui souffrirait. Souffrance silencieuse. Puis relève la tête, cligne d'un œil : « Ce sera comme ça, père abbé, le rôle de Jésus, au moment où on le crucifie ? »

L'entraîneur demande à mon père de quoi il parle. L'abbé Delvault lui répond que c'est une affaire entre eux et Dieu.

L'entraîneur, un athée n'allant à la messe dominicale qu'afin de conserver son local dont les murs appartiennent au clergé, n'est passionné que par la boxe, le ring, les pommettes des boxeurs, leurs arcades sourcilières, les punching-balls et les sacs de frappe. S'il devait rencontrer Dieu, la seule chose qui l'intéresserait serait de savoir dans quelle catégorie il boxe, combien de combats il a gagnés, combien il en a perdu et surtout, essentiel, si c'est un battant ou un tocard. Quant au sacre suprême, que les choses soient claires : lui, c'est la couronne mondiale qui le fascine, pas la couronne d'épines.

Mon père et l'abbé saluent l'entraîneur qui regarde sa montre, les autres ne devraient pas tarder à arriver. Pierrot prend congé, mon père va dans le vestiaire récupérer ses affaires, s'excuse auprès de Lucien qui gentiment lui met une claque derrière la nuque en le traitant de ballot, mon père lui en remet une, ils se chamaillent un peu en feignant de boxer, puis se prennent dans les bras, se tapotent le dos, et se donnent rendez-vous pour la séance d'après. Mon père à son tour sort. Quelques costauds au nez cassé, sac de sport à l'épaule, s'apprêtant à entrer dans la salle, le croisent devant le gymnase et le saluent :
« Ça va, champion ?
— Salut les gars. Vous tirez bientôt ?
— Samedi en quinze. Et toi ?
— Peut-être, je ne sais pas encore. »

Dehors, la nuit, il neige. Mon père salue l'entraîneur, se dirige vers la porte, retrouve Pierrot qui l'attendait dehors. Ils partent ensemble, marchent côte à côte, bras dessus, bras dessous, plaisantent et rient comme deux gamins.
« Passe-moi une clope, père abbé. »
Ils en allument chacun une et font de la fumée, comme les locomotives ; celles qui n'existent plus.
« Tu te souviens, René, la neige, quand on était gamins, la suie qui la recouvrait.
— Quand on faisait des boules, elles étaient toutes noires.

— Des boules de suie.

— Entièrement noires. C'était chouette. Le père curé, une fois, au catéchisme, il avait dit qu'elles étaient noires parce que c'étaient les boules du diable.

— Lui, avec son diable, parfois, il nous... nous...

— T'allais dire quoi ?

— Quelque chose de vilain. »

Une neige lourde s'impose autour des corps, les flocons fondent sitôt qu'ils touchent le sol, pas moyen de faire avec eux la moindre petite boule. Ils tombent si dru qu'on les dirait fâchés, sans savoir après qui, et encore moins pourquoi. Ils ne sont même pas noirs, aucun ne possède de queue fourchue, le diable les a désertés, il doit hanter d'autres lieux, d'autres espaces, peut-être le creux des entrejambes comme l'affirmait, jadis, le défunt père curé.

« Il y a bien match dans quinze jours ?

— Ouais.

— Et si j'ai tout compris, tu n'es pas sûr de tirer ?

— Tirer ? Tu causes comme un boxeur, maintenant, père abbé ?

— Tirer, boxer, c'est du pareil au même, non ?

— Pour nous, les boxeurs, oui, c'est deux synonymes.

— Alors ?

— Alors quoi ?
— Tu vas le faire ce match, ou pas ?
— Ça dépend.
— De quoi ?
— De toi.
— C'est-à-dire ?
— T'es sûr de ton coup, avec ton histoire de passion de je sais pas quoi ?
— *La Passion de Notre Seigneur Jésus-Christ.*
— Tu me connais, je t'aime comme un frère, mais les trucs cathos, tu le sais, ça n'a jamais été ma tasse de thé.
— On sera au-dessus de ça, René ; ça sera tellement beau, vibrant, passionnant, poignant, intense, que tu auras l'impression, j'en suis persuadé, de mener, chaque soir où tu joueras, le combat de ta vie ! Tu entends ça, René : le combat de ta vie chaque soir renouvelé !
— Tu commences à parler aussi bien qu'un commentateur de boxe. Tu devrais aller leur demander s'ils embauchent, à ceux qui causent dans le poste, t'aurais tes chances.
— Écoute-moi plutôt : ta ceinture de champion de France, même si je la respecte, ne sera plus rien par rapport à ce que le destin est prêt à poser sur ta tête.
— Tu penses vraiment que ça va être comme ça ? »
L'abbé l'arrête, le prend par les épaules, le regarde dans les yeux :

« René, tu crois que je trahirais mon seul ami ?
— Non, mais tu peux te tromper.
— Pas si tu acceptes. Si on est tous les deux, rien ne pourra nous arriver. J'ai toujours su qu'ensemble on ferait de belles et grandes choses.
— Ça cause quand même de Jésus, ton histoire.
— Ça parle d'éternité. D'intemporel. On n'est plus sur terre, mais dans sa métaphore : on touche les étoiles !
— J'atteindrai le sommet ?
— Oui.
— Le sommet des sommets ?
— Je te le jure.
— Je deviendrai comme Dieu ?
— Je ne te demande pas de blasphémer. Tu deviendras roi, ce n'est déjà pas si mal.
— Roi du monde ?
— On va commencer plus bas, tu graderas au jour le jour.
— Je commencerai à quel niveau, dans la royauté ?
— Dans l'état actuel de ta modestie et de ta perception de l'art, je ne peux rien t'offrir d'autre, mon vieil et grand ami, que la couronne de roi des cons. »

L'abbé part en piaffant, court sur la neige, glisse, tombe et crie. René lui saute dessus et ils finissent, corps mêlés sur neige humide, dans l'éblouissant charivari des rires fous de leurs dix ans.

## 12

Le samedi 4 septembre 1955, mon père entame son premier jour d'apprenti comédien, catégorie théâtre d'eau bénite. Il est âgé d'un peu plus de vingt-neuf ans et s'apprête à fêter, dans tout juste un trimestre, l'anniversaire de mes trois ans. Il est parti de chez nous, en footing, trottinant tranquille, balançant dans le vide, par réflexe, quelques droites, quelques gauches, crochets et uppercuts, salué ou applaudi par des badauds qui l'ont reconnu et qui pensent naïvement qu'il prépare sans doute quelque chose d'important, genre championnat d'Europe, bien que ça fasse quelque temps qu'il a quitté le ring et la salle d'entraînement.

Il est vêtu d'un costume croisé à la Marcel Cerdan, très classe. Cravate claire. Ça ne l'empêche pas de courir. Il parvient à la salle de répétitions du théâtre paroissial pas même essoufflé. Quelques gouttelettes perlent à son front façon brumisateur. Il est en avance, tous ne sont pas encore arrivés mais ceux qui sont présents ne peuvent s'empêcher de l'applaudir. Il a le sourire sobre. Aucune affèterie. C'est un vrai modeste. Qui aime briller, certes, on ne côtoie pas les foules et la furie du ring sans être avide d'une parcelle de gloire. Et s'il l'a eue, sa part de bonheur, il vient ici en chercher une nouvelle. Il en ignore les règles mais il est prêt à bosser dur, comme à l'entraînement. D'où sa réelle humilité, même s'il se voit déjà tout en haut de l'affiche.

Il salue les présents, signe quelques autographes, contemple les lieux, en de nombreux points semblables à son club de boxe.

Il grimpe sur la scène, sans emprunter le minable escalier aux trois marches bancales, fait un gracieux saut façon cabri, les autres s'extasient : *Oh !* Ça le fait marrer. Il navigue d'une coulisse à l'autre, écarte des pendillons, découvre des décors crasseux, revient sur les planches, sautille, esquisse encore quelques pas de boxe, soulève de la poussière, tousse, c'est au tour des autres de ricaner. Puis il cesse de s'agiter, se plante debout en plein cœur de la scène comme au centre d'un ring, regarde et étudie cette salle obscure, froide et vieillotte, aux sièges pliants de velours rouge. Pas grand-chose à en dire.

Sur le mur de droite, un portrait jauni de Jean Gabin, découpé dans un magazine. Sur celui de gauche, un tableautin de saint Martin auréolé et sabre en main. Au fond, un crucifix. Dans les coulisses, deux ou trois portraits de la Vierge Marie et de Michèle Morgan. On lui demande de faire un essai de voix. Il cherche quoi dire, puis, ne trouvant rien et n'osant improviser puisque les mots le fuient, il se met à chanter *Ramuntcho* d'une voix de ténor limpide et claire. On savait qu'il possédait une jolie voix, mais on ignorait qu'il chantât si bien. Les acteurs de la troupe en sont estomaqués. Décidément, cet homme a tous les talents. C'est une bénédiction que le Ciel nous envoie.

Le seul inconvénient, réalise le père abbé après avoir accueilli les retardataires et s'être fendu d'un petit discours de bienvenue, c'est qu'il y a désormais foule. Et que ça arrive encore. D'ordinaire, à chaque rentrée théâtrale, ils sont une vingtaine. Cette fois, ils frisent la cinquantaine. Dont au moins trente bonnes femmes, qui n'ont d'yeux que pour lui, le mâle dominant.

Il faut admettre, dût-on passer pour un fils idolâtre, que mon père est d'une beauté sauvage. James Dean local, il possède les yeux et la voix tendres d'un Jean Marais, d'un Dean Martin, d'un Jean Sablon, d'un Luis Mariano, et la prestance d'un Cary Grant ou d'un Gary Cooper. Cary ou Gary, peu importe : quelque chose en lui de (C/G)ary. Non seulement boxeur mais aussi gymnaste, sachant tenir et marcher en équilibre sur ses mains, tourner un saut périlleux. Ajoutons à cela une voix d'or, un charisme naturel et un physique surnaturel. Cupidon et Éros seraient descendus parmi nous qu'on l'eût spontanément baptisé des deux noms à la fois. C'est du moins ce qu'en pensent les femmes sitôt qu'il apparaît, un frisson animal parcourant leur échine et venant se répandre dans des endroits auxquels Dieu interdit que l'on puisse seulement songer. D'où l'embarras de l'abbé pour qui c'est un problème, non seulement sa beauté, mais ses excès de talents. Les autres, vieux paroissiens fidèles, comédiens amateurs qui jouent à ses côtés et n'ont, en plus de dix, vingt ou trente années de compagnonnage théâtral, pas progressé artistiquement d'une seule réplique gracieuse, paraissent soudain bien pâles. Momies d'une autre époque. Problème aisément soluble si on les cantonne dans des rôles de figuration : toi tu feras un soldat, toi tu feras un Romain, toi tu feras un Juif. Le vrai souci vient de ces femmes qui affluent à la salle comme si c'était les soldes. Elles veulent toutes jouer le rôle de Marie, de Madeleine, de sainte ceci ou sainte cela, de pleureuses, d'essoreuses, de *Mater dolorosa*. Toutes soutenir, accompagner, soigner, éventer, rafraîchir Jésus portant sa croix ou sur elle cloué. Toutes recueillir en leurs bras son corps mourant, c'est-à-dire façonnable, malléable à souhait, l'embaumer, le laver, et, divin Graal, le veiller au tombeau.

L'abbé n'a pas connu de femme, n'a pas lu Mallarmé ; il ignore si la chair est vraiment triste, il sait juste qu'elle est faible. Et encombrante. Il pense toutefois que cet engouement finira par se résorber, qu'après l'avoir vu se pavaner sur la scène, debout ou marchant sur les mains, elles finiront par se lasser. Mais il se trompe, elles continuent d'arriver, semblent s'être refilé le tuyau pour emmener leurs copines, rameuter des voisines. Ce n'est pas tous les jours que l'on a Hollywood et (C/G)ary à nos portes. D'autant qu'il va interpréter le rôle de Jésus et qu'il va être quasiment à poil, juste vêtu de…

« Comment que ça s'appelle déjà, mon père ?

— De quoi voulez-vous parler, ma fille ?

— Le truc que Jésus porte autour sur les reins, le bout de tissu qui cache son…

— Le périzonium.

— Pas facile à retenir.

— On dit aussi : pagne de pureté. Que vouliez-vous me dire, ma fille ?

— Simplement qu'il faudrait voir à pas que ça tombe, mon père, pendant les répétitions, ou pire, pendant le spectacle.

— Effectivement, il ne vaudrait mieux pas.

— Je m'occupe de ça, personnellement.

— Je vous fais confiance, ma fille. »

Ça le décontenance, l'abbé Delvault, cette soudaine disproportion entre ce que son cerveau imaginait et ce que la réalité lui impose. C'est d'un péplum religieux, qu'il rêvait, pas d'une adaptation de Tarzan dans la jungle des femmes. Et les choses se compliquent davantage quand il découvre, atterré, que René ne sait absolument pas jouer. Grimacer, oui. Faire le beau ou le pitre, oui. Chanter, ça c'est sûr, mais il n'a jamais été question que Jésus chante *sous*, et encore moins *sur*, sa croix. L'abbé comprend enfin, accablé, que René ne fut habitué, dans sa vie d'artiste toute relative, qu'à de petits rôles furtifs, ou à broder dans sa cuisine des variations vocales sur *Mexiii... coo...*

On l'encense aux banquets et aux fêtes de famille parce que, dans ces cas-là, il suffit de mettre une fausse moustache et de faire le charlot pour que tout le monde soit comblé. Mais à présent, sur cette scène, c'est une révélation : il n'y connaît strictement rien au métier de comédien. Dans son rôle de Jésus, par exemple, il doit incarner le doute, l'incertitude, la réflexion, la foi, la soumission, la révolte, les tourments d'une vie intérieure, la chute, la mort. Et ça n'est pas en tordant ses lèvres comme un canard qui cancane ou en se prenant la tête dans le menton tout en gonflant son biceps qu'il va y parvenir.

« René, s'il te plaît, on reprend.
— On reprend quoi ?

— Depuis le début.
— Tout ?
— Tout.
— Pourquoi, je n'ai pas bien joué ?
— Quand les soldats romains viennent t'arrêter, on a l'impression que tu as entendu retentir le coup de gong et que tu te lances dans le combat, tête baissée, comme tu faisais sur le ring.
— On avait dit qu'au début, il se défendait.
— Intérieurement, René.
— Mais comment tu veux que je me défende intérieurement ? Personne ne peut rien en voir, de mes intérieurs !
— C'est du ventre, justement, que sourd et saille, notamment dans la tragédie antique, le cœur même du métier de comédien.
— Là, père abbé, franchement, avec tes formules à la con, tu m'emmerdes. »

L'abbé le connaît si bien qu'il ne relève pas. Il se tourne en direction des coulisses et demande d'une voix douce :

« Le groupe des femmes qui ira se placer au pied de la croix après la crucifixion, mettez-vous en ordre, s'il vous plaît, et répétez vos petits morceaux de chant et de danse. Michèle, tu peux les faire bosser, s'il te plaît ? René, descends voir un peu et viens près de moi. »

Il saute de la scène, mon père ce cabri. Ils sortent, l'abbé et lui, dans la cour qui jouxte la salle, là où, pour les fêtes d'été, on installe les balançoires. Ils allument une cigarette.

« Je fais tout mal, ou quoi ?

— Non, René, mais mets-toi bien en tête que c'est la première fois que tu dois incarner un personnage et que...

— Et au Théâtre municipal, je n'incarnais pas, peut-être ?

— Tu ne faisais que passer, une galipette, une clownerie, et hop, à peine apparu, déjà disparu.

— Et mes opérettes ?

— Tu fais quoi ? Tu chantes un morceau par-ci, un morceau par-là, avec un tourne-disque en toile de fond, mais à aucun moment tu n'as in-ter-pré-té un rôle de bout en bout. Je suis intimement persuadé qu'à force de travail, tu vas parvenir, sur scène, à retrouver l'équivalent de ce que tu faisais sur le ring, à condition de...

— Mais c'est du théâtre là, pas de la boxe !

— Ne t'énerve pas, René, fais-moi confiance, je ne te demande que ça : de me faire entièrement confiance. Nous sommes sur la bonne voie, mais ce qu'il faut maintenant, c'est que tu t'inventes, ou que tu te recrées, dans ta tête, uniquement dans ta tête, des situations qui se traduiront dans ton corps, et t'aideront ensuite à habiter ton rôle.

— Par exemple ?

— Quant ton fils est né, la joie que tu as ressentie, tu t'en souviens ?

— Évidemment. Je mourrai avec.

— Il te faut la retrouver, et l'incarner. Je vais te donner un exemple : quand tu apprends que Jésus va mourir, qu'on va le crucifier, donc te crucifier par rôle interposé, c'est sûr que tu n'en as pas envie, aussi bien toi, en tant que homme, que lui en tant que personnage. Ou l'inverse. Tu me suis ?

— Pas vraiment, mais continue, on verra bien.

— Ce que je veux te dire, c'est que personne, dans le fond, n'a envie de mourir, n'importe qui a envie de vivre.

— Sauf les désespérés.

— Je te parle en général : personne de, disons, bien dans sa vie, n'a envie de mourir. On a tous envie de durer, et même le plus longtemps possible, on n'y peut rien, c'est animal.

— Et à part ces banalités, tu veux dire quoi ?

— Juste ceci : étant Jésus, une petite voix, lointaine et souveraine, te rappelle que tu es fils de Dieu, et que tu vas rejoindre ton père, et ainsi, en mourant, en étant crucifié, sauver l'humanité ! Alors, bien que tu sois dépité, on doit ressentir en toi, quand tu apprends que tu vas mourir, une joie identique à celle que tu as eue lorsque ton fils est né !

— C'est un peu tordu, ton explication.

— Je te parle en termes de théâtralité.

— En résumé, soyons clairs : je vais mourir sur la croix et je pense à la naissance de mon fils ?

— Exactement.
— Et je hurle : youpi, champagne, je suis papa !
— Intérieurement. Uniquement intérieurement.
— Le théâtre, c'est ça ? Hurler de l'intérieur ?
— Parfaitement, un transfert d'émotions.
— C'est un métier.
— C'est comme forger : ça s'apprend. Suffit d'en avoir envie.
— Si c'était aussi simple que ça, tout le monde serait comédien.
— Je vais t'aider : tu te souviens de toutes les sensations que tu as éprouvées sur un ring ?
— Toutes.
— Bien, alors on va recommencer à zéro, et partir de ton expérience de boxeur. De ton expérience intérieure. On va désormais aborder ton rôle comme un combat dans lequel tu vas revivre toutes les joies, peines, peurs, doutes, angoisses, déceptions, cris de rage, de colère, d'euphorie, d'aigreur, d'accablement, d'injustice ou de mélancolie que tu as vécus sur un ring. Et tu vas t'en servir pour sublimer le combat que mène Jésus.
— Quel combat ?
— Celui, silencieux, entre sa douleur et sa foi.
— Alors je vais boxer, mais intérieurement ?
— Exactement.
— Il s'agit donc bien d'un combat ?
— Voilà.

— Si je résume : je vais combattre sur scène comme j'ai combattu sur un ring ?

— Métaphoriquement, oui.

— Ne m'embrouille pas : je vais combattre, oui ou merde ?

— Oui.

— Contre qui ?

— Tu vas déjà apprendre à te battre avec les mots du texte et la façon de les jouer, mais tu te battras façon co-mé-dien, et non façon boxeur. Ensuite, quand tu seras au point, que tu sauras bien ton rôle, que tu te sentiras investi, pleinement capable de l'interpréter, on ouvrira les portes en grand, le public entrera, tu monteras sur scène, on allumera les projecteurs, tu te mettras en garde et là, ne t'inquiète pas, je te le promets, ce ne seront pas les adversaires qui vont te manquer. Là, tu l'auras, ton match !

— Alors allons-y. Passe-moi une paire de gants, je vais les boxer, tes répliques, et lui en foutre plein le ventre, à ton théâtre grec ! »

## 13

Il répéta partout, sur scène, en coulisses, dans l'atelier, sur les chantiers. On raconte, j'ignore si cela est vrai ou si ce n'est que légende, que dans certains immeubles où il creusait des trous, marteau et burin en main, de ces trous espacés qui servent à sceller balustres et barrières, il se mettait parfois à hurler comme un fou, comme s'il venait de se blesser. Ceux qui, alors, travaillaient avec lui, plâtriers ou maçons, accouraient affolés en demandant : « Tu t'es fait mal, René ? » Et lui de se relever et, de deux doigts croisés, les oindre ou les bénir en disant d'une voix douce : « Allez en paix, frères romains, le fils de Dieu prend soin de vous. »

Il avait soif d'apprendre, faisait tout à l'excès. Lorsqu'il m'emmenait, à cette époque, aux matches de boxe, il me montrait certains soirs un boxeur au corps plié en deux, qui venait de se prendre un méchant crochet au foie, et me disait alors : « Tu vois, c'est ça, la souffrance, c'est ça qu'il faut que je réussisse à jouer, il faut que le public soit persuadé que je viens de me faire toucher comme lui, et pas que je fais semblant. »

J'ignorais la différence entre faire semblant et agir pour de vrai. Mes parents m'emmenaient rarement au cinéma, mais le peu de ce que j'y voyais me paraissait toujours totalement authentique. Il ne me serait jamais venu à l'idée qu'un immeuble s'effondrant pût être un décor de fausses briques, encore moins une maquette. Je pensais que le cow-boy, dans les films, mourait pour de bon : j'avais nettement vu la balle le transpercer de part en part, et le sang jaillir de la blessure. J'avais tremblé, et même pleuré. En ce temps-là j'avais peur de tout. Car je croyais en tout. On aurait pu me faire avaler n'importe quoi, Indiens qui scalpent, Lazare ou autres qui ressuscitent. Et quand mon père, à table, parlait à ma mère de ce rôle qui l'exaltait, je me souviens que j'avais peur des mots, des coups qu'ils engendraient, de la douleur promise. Peur qu'il finisse par mourir à force de trop en faire. Ou de trop vouloir en faire. Je savais bien, malgré tout, ce qui était arrivé à Jésus sur sa croix. Mes cours de catéchisme me l'avaient appris : pour ressusciter, fallait déjà être mort.

La nuit, racontait ma mère aux voisines, en ignorant que j'écoutais, caché derrière le grand drap bleu qui séparait nos chambres, il se relevait parfois, titubait, chutait sur le lino, tordait son corps comme s'il venait d'être soudainement victime d'une crise cardiaque ou de coliques néphrétiques. Ma mère, la première fois qu'il agit ainsi, eut une peur effroyable, évidemment, et se précipita à son secours. Mais il lui expliqua qu'il n'y avait rien à craindre, qu'il répétait son rôle. Alors elle se recoucha. Les nuits suivantes, lorsqu'il persistait à se rouler au sol comme un dément, elle ne soulevait même plus la moitié d'une paupière. Il serait mort d'une vraie crise cardiaque qu'elle ne l'aurait découvert qu'aux froides et pâles lueurs de l'aube.

Dans la salle de répétitions, contrairement aux prévisions ou espérances du père abbé, les femmes ne cessèrent, au fil des mois, de débouler. Elles voulaient toutes interpréter un rôle de Juive en larmes, de vraie Nazaréenne, de pseudo-Pharisienne, mais mon père, désormais concentré sur son rôle, ne cherchait plus à jouer des pectoraux. Il travaillait son rôle, sérieux comme un apôtre.

Souvent, il n'y parvenait pas, malgré sa volonté. Il demeurait figé dans ses rôles de bouffon, de ténor de cuisine ou de comique de fins de banquet. Il pensait que grimacer suffisait à traduire colère, peine ou douleur. Il restait prisonnier du théâtre amateur dans ce qu'il a de pire, là où l'outrance est prise pour du talent.

Mais Pierrot veillait, patient, doux, amical et fidèle. Il connaissait mon père, ses possibilités, son ardeur au travail. Il avait lu Shakespeare, savait de quelle étoffe nos rêves sont faits. Il faisait confiance à l'homme dont il avait appris à jauger les limites, l'orgueil et la fierté, aussi le dénigrait-il volontairement, parfois, face aux femmes en extase, afin de le réveiller. Mon père alors sur ses ergots montait, hurlait, coqueriquait, et, tel un saint impassible en plein cœur de l'arène, Pierrot subissait colères, coups de gueule, injures, cris de bête fauve et portes qui claquaient.

Puis René revenait s'excuser : « J'ai réfléchi, cette nuit, et je crois bien que j'ai compris ce que tu voulais me dire hier au soir. »

Ainsi reprenait-il son rôle à l'endroit où sa rage l'avait abandonné, jouant sans tartuferie la carte de l'humilité, se concentrant, faisant au mieux pour appliquer ce qu'il venait d'apprendre, effleurant avec peine les préludes du métier de comédien. Parfois, il y parvenait.

Jusqu'au jour où, après des mois de labeur, d'interminables crises de doute, de souffrances, de fureurs, alors que rien dans la soirée ne semblait l'avoir prédit ou annoncé, la chose tant espérée se produisit enfin : l'incarnation. Mon père sortit des coulisses, entra sur scène, et l'abbé vit Jésus. Il se mit à hurler, lui qui de toute sa vie n'avait jamais élevé la voix. Il exulta, visage illuminé : « Ça y est, René, je l'ai vu, il est là ! Il est en toi, tu l'as trouvé ! »

Et s'il fallut encore batailler pour conserver et peaufiner l'acquisition, la machine créatrice était en marche. Mon père avait laissé tomber armures et bouclier, avait compris la mécanique de l'apparence et parvenait à jouer, enfin, quelqu'un d'autre que lui.

À partir de ce soir-là, lorsqu'il quittait la maison pour aller à la salle de spectacle, il ne dit plus : « Je vais aux entraînements », mais « Je vais aux répétitions ».

## 14

En ce jour de Pâques, mon père pénètre une fois encore sur la scène du théâtre paroissial vêtu d'une tunique sale, ensanglantée, déchirée. Le spectacle touche à sa fin. Voilà presque dix ans qu'en cette période pascale il interprète le rôle de Jésus. La foule ne s'en lasse pas, le public est fidèle, il connaît tout par cœur et c'est encore meilleur. D'autant que mon père joue de mieux en mieux. Il n'a pas loin de la quarantaine. J'aurai bientôt quatorze ans.

Il entre et chute au sol, des soldats romains le fouettent. Il rampe, on le relève en le tirant par les cheveux avant de le contraindre à porter une croix immense qui semble extrêmement lourde. Il la traîne en grimaçant. Un soldat s'assied sur la croix et lui dit en s'esclaffant : *Hue donc, fils de Dieu !*, le public pousse un *Oh* offusqué. C'est alors que Jésus, d'une manière aussi élastique que violente, se relève et se met en garde façon champion de France de boxe. La foule pousse un *Oh* d'admiration mais Jésus-champion se sent comme appelé par le Ciel, regarde le soldat et ouvre soudain les poings, puis les bras, en signe d'apaisement. Le voilà paumes ouvertes vers le Ciel, visage d'enfant naïf, en direction du Père, puis gracieusement, de deux doigts désormais joints, d'un mouvement lent brûlant d'amour, plutôt que de frapper, il bénit le soldat qui, agacé par son geste dont il ignore le sens, violemment le flagelle tandis que le public pousse un *Oh* de compassion.

Le calvaire douloureux reprend et se poursuit sous coups et quolibets, chaque pas lui offre un avant-goût de l'agonie, la croix se fait de plus en plus pesante, injures, lacérations et crachats pleuvent. De râle en râle, de doute en doute et de sanglot en sanglot, on arrive au sommet du Golgotha. Les soldats hissent la croix, déchirent sa tunique, il n'est plus vêtu que du périzonium. Il gonfle alors ses muscles, tel Hercule tout-puissant ou Samson l'invincible, le public mâle pousse un *Oh* de jalousie, le public femelle un *Oh* de convoitise, mais une fois encore, les biceps se rétractent, Jésus redevient homme et accepte son sort.

Les soldats le coiffent de la couronne d'épines et le clouent à la croix en chantant des lazzis au rythme des marteaux. Du sang jaillit de ses mains, de ses pieds, de sa tête et de son flanc, quelques soldats pour se moquer ripaillent, et d'autres jouent aux dés. Jésus râle, le souffle vient à lui manquer, son corps se tord, semble se disloquer, et, levant la tête vers le Ciel, il se met à hurler : « Eli, Eli, Lama Sabachthani ? »

C'est de l'araméen. Le cri de révolte qu'il lance au Père avant de rendre l'âme : *Mon Dieu, mon Dieu, pourquoi m'as-tu abandonné ?*

Sa tête retombe sur son poitrail, orage et éclairs surgissent des coulisses, les femmes se jettent au pied de la croix, et le vieux rideau rouge, dans des craquements lugubres, lentement se referme. Sanglots. Reniflements. Applaudissements.

III

# 1

Chez nous, à la maison, sur le buffet de la cuisine, dans un cadre doré, une photographie aux bords dentelés, jaunie avant l'âge, représente mon père cloué, bras écartés, Jésus agonisant. Au pied de la croix se pâment une dizaine de figurants et de figurantes, soldats romains, Vierge vêtue d'un bleu marial et pleureuses orantes. La plupart travaillent, soit au dépôt, soit à l'usine de montres qui le jouxte et qui se nomme les Spiraux puisque l'on y fabrique uniquement de petits ressorts plats enroulés en spirale que l'on attache d'ordinaire au balancier des montres. Sur la photographie, on reconnaît d'ailleurs très bien, chez les femmes : Madame Chambre, Madame Jougnot et Madame Gaidot, respectivement ouvrières et chef de service aux Spiraux. Chez les hommes : Monsieur Gonfé, Monsieur Vernet et Monsieur Deffy, respectivement comptable, mécano et contremaître au dépôt.

Enfant, l'ayant constamment sous les yeux, je contemplais cette photographie du matin au soir lors de mes petits-déjeuners, déjeuners, goûters, devoirs, dîners, après-dîners. Sur le buffet de la cuisine, à hauteur de regard, on ne pouvait guère y échapper. Quiconque passait à la maison ne pouvait d'ailleurs se retenir de me poser l'épuisante question : « Alors gamin, ça fait quoi d'avoir un papa fils de Dieu ? » À laquelle je répondais avec les mots de mon âge : « Ben… j'ai toujours pas envie que mon papa y meure. »

Mais ça finit par grandir, les gamins, et par lâcher du lest. Ça ne croit plus au Père Noël, à la Petite Souris, aux tours de passe-passe dont la vie les a oints pour leur faire passer la pilule du néant.

Et c'est ainsi qu'un soir, ou peut-être un matin, un monde ancien s'effondre et que c'en est fini des rêves enfantins. Ils mentaient donc tous, Madame Chambre, Madame Jougnot, Madame Gaidot, Monsieur Gonfé, Monsieur Vernet, Monsieur Deffy. Tous, ils savaient que les clous n'étaient pas de vrais clous, et le sang pas du vrai sang. Et le miracle, de carton-pâte. Tous ils savaient que l'orage et la foudre, en coulisses, n'étaient que feuilles de tôle secouées, projecteurs dans l'espace balayés, baguettes de soudure crachant leur lumière bleutée.

Mais moi, l'enfant émerveillé, l'enfant sensible qu'un rien faisait pleurer, l'enfant que Dieu agenouillait et que les saints impressionnaient, je l'ai appris trop tard. Je pensais, à l'époque, que mon père, que tous applaudissaient, était vraiment le fils de Dieu et qu'il ressuscitait à chaque Pâque nouvelle. J'assistais au spectacle déjà en larmes avant même que les trois coups frappés ne fissent s'ouvrir le rideau poussiéreux. Et quand mon père entrait en scène, je craignais toujours qu'il souffre trop, qu'il saigne trop, qu'on le frappe et qu'on le cloue de trop, qu'il meure pour de bon, qu'il ne s'en sorte pas, que le miracle, une fois encore, ne se reproduise pas. Et qu'il ne vienne pas, avec les autres, à la fin, saluer.

Fin des années 60. Au mois de mai, en France, le monde basculait. On ne sait pas dans quoi, juste qu'il basculait. Jésus, le vrai, se mourait, dépecé dans le sarcasme des anars, des athées et des formules nietzschéennes. Pas rien que Jésus d'ailleurs, son Père aussi. Dans les rues ça chantait, quelques jongleurs lançaient en l'air de petits pavés carrés qui retombaient sur toute forme d'autorité, la paternelle se trouvant bien évidemment en tête de gondole puisque originelle, prioritaire et matricielle. Donc coupable. Une tractopelle avançait devant nous, massacrant âmes et feuillages, idées et idéaux. Nous avions dans nos poches des frondes à dialectique, on n'avait peur de rien, ni des mots ni des dégâts qu'ils engendraient. Je fréquentais alors un troupeau de cheveux longs et on y croyait dur, à la Révolution.

Un jour, j'allais avoir seize ans, j'ai subtilisé la photographie de mon père en Jésus crucifié qui trônait sur le buffet de la cuisine, je l'ai photocopiée et placée en première page d'un journal lycéen révolutionnaire, ou se prétendant tel, orné de cette légende : *Du temps où le théâtre aliénait les masses.* Suivi d'un texte pamphlétaire à la sauce Marx qui disait merde à Dieu, merde à l'abbé Delvault, à son théâtre et à son patronage, et donc, par ricochet, merde à mon père. Il ne jouait plus ce rôle depuis l'année d'avant mais, quand il vit la photo et qu'il eut lu l'article, me raconta ma mère, il devint livide, ses mâchoires se contractèrent, il ne dit pas un mot, et lui qui jamais de sa vie ne dormit la journée, il monta dans leur chambre, se coucha. Elle sait qu'il ne dormit pas, elle l'entendit sangloter. Lui qui ne pleurait jamais. Il n'en parla pas. N'en parlera jamais.

Refusera toujours d'en dire le moindre mot même lorsque, vingt ans plus tard, agenouillé face à lui dans la chambre d'hôpital, je voudrai m'excuser.

Rien.

Pas un mot.

Regard droit, dans le vide, comme Jésus sur sa croix. Comme un boxeur qui se relève d'un KO et qui comprend qu'il a perdu. La leçon était claire : on ne refait pas deux fois le même match.

Comment lui en vouloir ? J'étais alors, moi aussi, mathématiquement parlant, comme Jésus : fils unique. Et donc son seul espoir. On avait prédit à ma mère qu'après moi, elle ne pourrait sans doute plus jamais avoir d'enfant. Trois tentatives et trois fausses couches semblaient le lui avoir prouvé. Le Saint-Esprit lui envoyait au ventre des annonciations qui rentraient le train d'atterrissage avant même de s'être posées et qui repartaient directement là-haut, pleins gaz, à la droite des cumulus. *Dans le Ciel*, disait-elle chaque fois, *près du bon Dieu.*

Et lorsqu'elle s'entêtait à vouloir de nouveau procréer, le ventre dégonflait, n'enfantait que boyaux, mauvais sang et humeurs. Hôpitaux. Cliniques. Sans doute dut-elle subir nombre d'opérations qu'on passa sous silence ; on ne parlait pas de *ces choses-là*, dans les familles chrétiennes. Juste quelques mots que, enfant, j'étais parvenu à voler ; mots indignes, murmurés entre deux cloisons, deux chambres, deux hontes, deux confessionnaux ; mots mystérieux et graves, aussi dangereux que répugnants : ovaires, ovules, trompes, curetages ou vulves. De véritables enfers de chair et d'impureté que même l'archange Gabriel, pourtant immunisé, ne pouvait frôler sans se salir les ailes.

Ma mère était-elle devenue stérile ? Si oui, c'en était donc fini de l'éventuelle fratrie. J'étais condamné à demeurer seul.

J'avais pourtant bien eu un frère, deux ans plus tôt. Tardivement. Quasi miraculeusement. Dès le premier regard, je l'avais aimé. Bébé splendide, trois kilos quatre cents grammes et cinquante centimètres. Évidemment, dix jours plus tard, dans le cercueil, ça ne se voyait plus. Car aussi vite que Dieu nous l'avait donné, Dieu nous l'avait repris. Au jour de l'enterrement, l'abbé Delvault, un goupillon en main ou chose équivalente, avait marmonné quelques paroles latines qui doivent sans doute signifier que les voies du Seigneur lui étaient de plus en plus impénétrables. Ma mère, en larmes au pied du minuscule cercueil de bois clair, comme une ivrogne tanguait. Tombera, tombera pas ? Thème inépuisable que celui de la *Mater dolorosa* : religieux, poétique, lyrique, musical, théâtral, dramaturgique, cinématographique, chorégraphique, universel. De l'Égypte à la Grèce antique en passant par Rome, Sumer, Byzance, Jérusalem ou Babylone, qui n'a pas eu son aède pour en chanter le thrène ? C'est un thème qui se vend bien. Et qui rapporte gros. *Paris Match* avant l'heure.

Ainsi le petit frère était devenu un ange. Le Seigneur Tout-Puissant l'avait rappelé à Lui comme on rappelle un chien pour qu'il rapporte un os, sauf que l'os, c'était lui. Le cercueil, dans la sacristie de l'église Saint-Martin des Chaprais, était posé sur deux tréteaux en bois, ceux-là mêmes qui servaient d'ordinaire dans la salle des fêtes, à l'issue d'un spectacle, pour y mettre une planche où vendre les boissons.

La boîte mortuaire était si petite que l'on avait du mal à croire que puisse y reposer une créature humaine. Un oiseau semblait y être plus adapté, ou une belette, voire une crevette. Mon père avait fouillé dans sa poche, s'était avancé près du cercueil et avait posé en son milieu, à même le chêne clair, sa ceinture de champion de France amateur des poids moyens. Il avait dit à l'abbé :

« On l'enterrera avec. »

Puis il avait prévenu l'abbé :

« Je ne jouerai plus Jésus. »

Et il avait ajouté, la voix ferme et les yeux dans les siens :

« Je ne t'appellerai plus "père abbé", comme j'avais plaisir à le faire. Maintenant, de nouveau je t'appellerai Pierre, comme quand on était gosses, mais ne me parle plus jamais de Dieu. »

L'abbé avait répondu :

« D'accord René, il sera fait selon ta volonté. »

Ma mère ne dit rien et ne dira plus jamais rien. Jusqu'à sa propre mort, dans ses entrailles, elle portera son fils, le cercueil, les poignées, les tréteaux, et une folie douce pour que la vie, enfin, l'emporte sur la matière. Et le néant sur la douleur.

Il avait pourtant joué le jeu, mon père ce héros : on lui avait donné la vie, il l'avait à son tour donnée. Puis redonnée. Mais de ce geste d'amour, dans cette sacristie d'où sourd le chant d'un enfant mort, ne reste qu'un cercueil, petit nid de chagrin, et lui à ses côtés, pâle et debout, costume croisé à la Marcel Cerdan, triste et seul dans des odeurs d'encens, de poussière, de chanci, de tentures vieillies, de renfermé, et de putréfaction. L'odeur d'un Dieu moisi depuis deux mille ans, qui n'a pas même été foutu de sauver son fils. Un Dieu qui ne sait rien faire d'autre que massacrer un innocent.

Alors René s'agenouille et prie, avec ses mots de boxeur, ses mots de forgeron :

*Seigneur,*
*Seigneur des feux, des fers, des rings et des arcades*
*Écoute ma prière :*
*Qu'on me coupe les couilles*
*Qu'on mure le vagin de ma femme à*
   *pelletées de ciment prompt*
*Qu'on ne me parle plus jamais de rédemption*
*D'enfantement de grâce de dévotion et de nativités*
*Que la terre s'ouvre et s'engloutisse elle-même*
*Que le ciel ouvre sa gueule et que sa gueule le mange*
*Que les étoiles déjà éteintes s'éteignent davantage*
*Que Jésus sur sa croix se déchiquette les mains et*
   *s'écartèle les os et se vide les viscères durant l'éternité*
*Que sa bite moisisse et n'enfante plus*
   *ni foi ni roi ni prêtres*
*Et qu'on me mette*
*Moi*
*Champion*
*Immédiatement KO sur le ring de la vie*

(Le rideau se referme)

## 2

Quand un monde s'écroule, tous ceux qui vivent dedans, au loin ou à côté, s'en retrouvent affectés. Et, s'ils n'en meurent pas, toujours ils perdent pied. Vésuve ou Pompéi, chagrins d'amour ou deuils intempestifs, c'est du pareil au même, il ne reste que cendres, vapeur d'eau ou buée, tempêtes de cris et océans de larmes. Des vies en suspens, comme des draps humides qui ne sécheront jamais plus. Aussi ai-je fui au plus vite ce pays endeuillé, et quitté ce cocon qui n'en était plus un.

Je me mis à bosser comme maçon, trimardeur, portefaix. Je louais mes muscles à la criée juste pour subsister, mais je passais, à dire vrai, l'essentiel de mon temps à courir la gueuse, les scènes et les troquets. J'étais un marginal, l'époque le voulait ; chevelu révolté, cheval fou et fougueux. J'avais de belles phrases toutes faites pour mettre à bas les murs d'une société qui d'ailleurs s'effondrait. Des phrases de conquérant :

« Ni Dieu, ni roi, ni maître, mais rien que des maîtresses ! »

Je refaisais le monde à grands coups de truelle et de parpaings de ciment. Il n'était pas très droit, j'apprenais le métier.

Je n'habitais donc plus avec maman-papa, j'y revenais parfois, pour des raisons qui souvent n'étaient pas d'une excessive noblesse : squatter, comme on dit, retrouver un matelas et la soupe maternelle quand *la phynance* me trahissait. Je passais comme un orage au milieu de leur chagrin, cheveux et bite au vent, clamant que Dieu est mort, et bien vivant Che Guevara. Il m'arrivait d'emmener une brune ou une blonde quand elle et moi ne savions où dormir. On faisait bêler les ressorts et piailler le sommier, égoïstes impudiques. On ne pensait qu'à nous, on se foutait d'autrui. Je ne demandais même pas à mes parents ce qu'ils devenaient, comment allait leur vie, je savais de toute façon qu'elle n'allait plus du tout. C'est ce qu'il me disait, papa, lorsque je venais seul. Tout était mort, en lui, même les victoires passées avaient un goût de cendres. Il avait cessé de pratiquer la boxe depuis fort longtemps, tout juste s'entraînait-il encore un peu, seul, certains soirs, au sac de frappe ou bien au punching-ball. Il ne jouait plus rien, ni Jésus, ni opérette, ni aucun rôle grotesque au Théâtre municipal. Quant à la forge, elle était devenue identique aux locomotives à vapeur : au rebut. Elle n'était plus, elle aussi, qu'amas de ferraille morte.

Il commençait à boire, en revanche. Et pas en amateur, mais en professionnel. Il s'était curieusement englué, à cette époque, dans une espèce de fixation affective et rétroactive sur la mort de Marcel Cerdan, qui, comme on le sait sans doute, perdit la vie dans un avion, au cours d'un crash, au-dessus de l'archipel des Açores. Il ne parlait que de ça, trinquait à sa santé. Puis, il sortait de vieux journaux, datant d'une bonne vingtaine d'années, et relisait, étudiait, commentait, comme s'il venait de la découvrir, la mort du grand champion, s'accrochant aux détails (avion Lockheed Constellation F-BAZN), à la date (27 octobre 1949), à l'horaire (20 h 17), à la cause (championnat du monde contre Jack La Motta), aux conséquences sentimentales (le chagrin fou d'Édith Piaf, sa maîtresse), matrimoniales (la douleur, et pour cause, beaucoup moins médiatisée, de son épouse Marinette). D'après lui, depuis la mort accidentelle de ce héros français, le monde ne tournait plus rond et ne valait plus la peine qu'on y use ses semelles.

Alors il levait un verre à la santé de Marcel, puis un autre à la santé de Cerdan. Puis soulevait un godet à la santé d'Édith, un autre à celle de Piaf. Parfois à Marinette. Et finissait par trinquer avec tous les spectateurs potentiels qui, si l'avion ne s'était pas planté, auraient assisté, au

Madison Square Garden, en terre d'Amérique, au combat des géants. Très vite, il devint champion du monde des trinqueurs, catégorie poids lourds. Il ne vola pas son titre, il s'entraînait si dur.

Je trinquais avec lui, je les aimais déjà, les vapeurs de l'alcool qui vous réchauffent l'âme et embellissent souvent la grisaille des jours. Je venais de moins en moins le voir à la maison. Hormis la mort de Cerdan et quelques souvenirs, la plupart d'ailleurs approximatifs, qu'il rabâchait comme un vieillard sénile, ce qu'il était loin d'être, nous n'avions, hélas, plus grand-chose à nous dire, plus rien à partager. Je vivais toujours entre deux métiers et quelques soutiens-gorge, entre des bars sordides et des filles dites faciles, entre la dèche et les passions, et ce fut justement, miraculeusement, grâce à l'une de mes histoires de femmes, ou peut-être d'amour, que nous nous rapprochâmes.

Ça devait être aux alentours de l'année 1974, j'avais presque dans les vingt-deux ans, lui dans les quarante-huit. Mon petit frère était mort depuis huit ans déjà, Cerdan depuis bien davantage. Il ne se remettait ni de la mort de l'un, ni de la mort de l'autre. Je vivais avec une artiste qui n'avait pour talent que sa capacité à se prétendre telle. Je ne sais plus si je l'aimais ou si je l'avais aimée. Elle élaborait toiles abstraites et macramés, boucles d'oreilles et paniers en osier, mais gagnait sa vie grâce à une place de serveuse, travaillant à mi-temps dans une cantine scolaire. Un jour, subitement, après avoir lu un ouvrage de Gandhi ou de Lanza del Vasto, elle décida, sur-le-champ, plaquant sa vie d'artiste, de serveuse et d'amoureuse, de partir en Inde afin de rencontrer son karma, son âme et son ashram, ses réincarnations et ses transmigrations, ainsi que la déesse à dix bras qui sommeillait en elle. Elle partit en chantant *Hare Krishna, Hare Rama*, frappant l'un contre l'autre deux petits crotales dorés achetés au magasin chinois du coin, me laissant l'appartement, les arriérés de loyer, les dettes entassées, un chat, un téléviseur et quelques paquets de chips déjà entamés. Je n'avais plus un sou, il me fallut partir à la cloche de bois.

Je revins donc, une fois encore, habiter chez mes parents, avec le chat et le téléviseur. Le destin, comme à l'accoutumée, fit bien les choses puisque le leur venait justement de rendre l'âme, leur téléviseur, pas leur chat (ils n'en possédaient pas). Et, grâce à lui, on retrouva, papa et moi, une complicité perdue : on se mit, le soir, tous deux, le chat sur les genoux, bouteilles à nos côtés, tandis que maman dormait ou feignait de dormir, à regarder des matches de boxe à la télévision.

C'était alors la fabuleuse époque du noble art, celle de ces grands combats qu'on présentait chaque fois comme étant « le match du siècle ». On songe évidemment à Mohamed Ali, le plus éblouissant boxeur et showman que l'humanité sous toutes ses formes ait jamais mis au monde. Chaque fois qu'il combattait, il nous faut bien l'admettre, il s'agissait effectivement d'un vrai match du siècle. Mon père n'en revenait pas de ce trublion vociférant qui assenait ses coups dans le mépris le plus fondamental des règles pugilistiques de base : mains en bas, en marche arrière, déclamant des poèmes en envoyant des beignes. On se prit, mon père et moi, d'une véritable passion pour lui et j'allais acheter, ou faucher, n'importe quel magazine ou bouquin qui détaillait ses frasques. On les feuilletait, les commentait, les disséquait. On s'en émerveillait. On était parvenus – grâces t'en soient rendues, ô Mohamed Ali – à retrouver, avec lui, cette complicité qui nous avait unis durant toute mon enfance.

Le 1er octobre 1975, Mohamed Ali affronta, pour la troisième et ultime fois, le redoutable Joe Frazier, dans la jungle de Manille. Chacun des deux faillit laisser sa peau sur le tapis du ring. Mon père et moi, vociférant et trépignant dans nos fauteuils, n'avions jamais vibré aussi intensément lors d'un match de boxe. À tel point qu'à un moment crucial du combat, quand victoire ou défaite n'était plus qu'affaire de talent, de hasard ou de force mentale, et que les dieux de la boxe ne savaient plus eux-mêmes de quel côté pencher, on sauta de nos fauteuils dans un élan commun, en gueulant tellement fort qu'on retomba en vrac et qu'on péta chacun un accoudoir. En constatant les dégâts, on éclata de rire. Puis, épuisés comme si nous avions nous-mêmes combattu, on s'affala dans les bras l'un de l'autre lorsque Ali, notre roi, notre Dieu, titubant à l'issue de ce combat titanesque, fut déclaré vainqueur.

Elle avait eu raison, mon artiste rouquine aux yeux verts de félin, d'aller chercher Bouddha, ou Rama, ou Krishna, dans les rues de Bombay, Madras ou Katmandou. Sa fuite et sa télé nous avaient redonné le goût des embrassades.

Un an plus tard, pour fêter ses cinquante ans, mon père s'offrit ce qui était pour lui le plus beau cadeau du monde : un short de boxe, fait sur mesure. Il l'avait commandé à Madame Ruffiaud, la couturière de la rue de Belfort, celle qui confectionnait les habits des majorettes. À sa demande, elle lui avait brodé, au niveau de la taille, en lettres d'or sur fond de tissu-brousse :

MUHAMMAD ALI

Ainsi qu'on l'écrivait en langue originale, dans les livres sur lui.

Je repartis, bien évidemment, vivre ma vie au hasard de mes pas, avec une autre rouquine, ou brune, ou blonde, frisée ou lisse, laissant mes parents seuls. Seuls avec le chat. J'aurais pourtant aimé pouvoir rester, et surtout, même si cela peut sembler maniéré, j'aurais aimé pouvoir leur offrir un autre fils, un autre petit enfant, pour faire de leur tristesse et de leur solitude un palais des merveilles. Pour qu'ils vivent chaque jour le grand match du siècle. Et leur offrir ainsi une seconde chance. Et une à moi aussi.

Certaines nuits, dans mes rêves les plus excessifs, je me voyais même venir chez eux en tenant par la main un gamin, mais pas n'importe lequel : un minuscule Ali, enrubanné dans du papier cadeau. Un mini-Mohamed, déjà boxeur et drôle, débrouillard et frivole, hâbleur et invincible. Je le donnais à papa, il le prenait alors, le couvrait de baisers et le faisait sauter haut et fort dans ses bras, et ils cassaient tous deux fauteuils et accoudoirs dans de tels éboulements de rires que je m'en réveillais des larmes plein les yeux.

J'étais tout à fait conscient, malgré la béatitude de mon rêve, qu'il était quelque peu incongru que je parvienne, dans ce quartier de Blancs, de gens simples du dépôt et de femmes des Spiraux, d'une mentalité un quart Front populaire, trois quarts France de Pétain, à traîner à mes côtés le premier enfant noir. Je savais que le gosse aurait eu à subir des lazzis de conquérants, de coloniaux, de ces railleries lancées d'un ton madré, avec une tape dans le dos, et qui, sous couvert d'humour franchouillard et innocent, remettent l'immigré à sa place, le minent, l'avilissent et finissent par le détruire. Il n'est à pas douter que les gens du quartier auraient spontanément surnommé le gamin Bamboula, Banania, Blanche-Neige ou Bibi Fricotin, qu'ils auraient apparié ses lèvres aux saucisses de Strasbourg, ses yeux à ceux d'un poisson mort, ou frôlé sa peau du bout des doigts pour savoir si oui ou non ça déteignait, puis tâté ses cheveux en hurlant : *C'est aussi dur qu'un balai de chiottes !* Il est certain que l'on aurait été, dans le quartier, avec ce petit frère, étonnamment taquin. Férocement farceur.

Mais ça n'était qu'un songe et jamais je ne pus leur offrir aucun fils qui fût autre que moi. Moi que je n'aimais pas ; moi dont je n'étais pas fier et dont je sentais bien que j'aurais pu mieux faire pour devenir, à leurs yeux, l'enfant dont ils rêvaient. Je ne leur ai pas offert un petit Ali noir, et donc, par ricochet, je n'ai pas eu la chance, moi non plus, d'avoir un petit frère noir. Ni blanc, d'ailleurs. Juste un petit frère mort. Un frère en sapin clair. Je me demande encore si cela est beaucoup mieux que pas de frère du tout.

## 3

Au cours des décennies suivantes, j'ai failli briser le seul bien dont j'avais hérité : la mémoire de mon père. Pendant bien trop longtemps, j'ai eu, il est vrai, une espèce de plaisir malsain à dire qu'il était alcoolo. À le traiter comme une loque. À clamer à l'encan : mon vieux picole sec, regardez-le, là-bas, au loin, qui tangue ! C'était si bon de pouvoir le piétiner, de salir son image. Il aurait dû comprendre tout seul, comme un grand, qu'une fois qu'on est devenu Dieu, il est interdit de déchoir. Il n'avait pas le droit de couvrir les tableaux, dans lesquels je l'avais peint en majesté, de plaques d'athérome porteuses d'AVC. Il n'avait pas le droit de voiler sa belle statue de bronze, au front ceint de lauriers, de pauvres gamma-GT. Il avait été Roi sur un ring, Jésus sur une scène, Zeus dans la forge, il était monté bien trop haut pour se permettre de descendre comme un simple mortel jusqu'au niveau d'un bar, ou pire, d'un caniveau.

J'ai lu après sa mort, dans une revue, une interview de Marguerite Duras dans laquelle elle disait, avec sa façon bien à elle d'affirmer sans vergogne des choses forcément sublimes, que l'alcool avait été son seul amant. Je pensais jusqu'alors, comme bon nombre de ses lecteurs, que son unique amant avait été celui d'Hiroshima, de la Chine du Nord, ou de ses derniers jours. Quelle farceuse. Quelle coquine. C'était donc l'alcool. Elle nous avait bien eus. Alcoolique, elle aussi, mais loin des anonymes. Alcoolique comme le père d'Ali, et bon nombre de pères qui ont mis toutes leurs forces dans la bataille de la vie pour finalement se faire mettre au tapis par le pire des tocards : un simple apéro posé sur le bord d'un comptoir ; puis l'apéro suivant, puis l'apéro d'après, et ainsi de suite comme une grêle de coups venus d'un boxeur entêté qui ne voudrait frapper qu'au foie. J'ignorais que, moi aussi, suivant les saintes traces de mon père tout en m'y refusant, marchant dans ses sillons et bien qu'en renâclant comme un cheval têtu, je deviendrais, à mon tour, alcoolique.

Il était pourtant beau, mon père, et ce jusqu'à la fin. J'aurais dû m'en souvenir quand il s'est mis à boire et à déchoir. Plutôt que de le mépriser. Ingérence d'Œdipe ou méfaits de mon propre alcoolisme, je ne parvenais plus à le voir autrement qu'en double et ne choisissais de lui que son mauvais côté. J'aurais dû rester, ou redevenir, l'enfant aux yeux de braise, extasié et muet face au ring, à la scène ou la forge. J'aurais dû l'aider quand il fuyait de partout, ramasser sa couronne, sa ceinture, l'auréole, poser le tout en vrac sur sa tête de Roi, me mettre à ses genoux et réciter la liste de ses nombreux bienfaits. Parce que c'est insensé, le nombre de choses dont ça peut être champion du monde, un père ; le nombre de combats que ça a dû mener pour transmettre la vie, puis la porter, à bout de bras, de nos premiers pas à nos premiers ébats, en supportant son poids comme Atlas l'univers. Pas surprenant que ça se retrouve en fauteuil roulant, à l'agonie, seul, chambre 317, à racler un carrelage de ses ongles comme un orque échoué.

J'aurais dû me souvenir qu'il nous avait offert, à nous, famille, amis et voisins du quartier, l'équivalent des Grandes Fêtes de Versailles lorsqu'il montait, avec ma mère, ses opérettes de cuisine qui possédaient, dans leur naïveté, la beauté de ces chromos populaires que d'aucuns disent vulgaires. Maman enfilait une robe de chambre et se glissait une fleur en plastique dans les cheveux pour faire princesse chinoise ; lui se dessinait une moustache avec son crayon gras et devenait ainsi un jeune prince andalou. Et quand j'eus l'âge d'atteindre le tourne-disque, c'était moi qui posais le saphir sur le noir du vinyle, et ils chantaient tous deux, par-dessus la musique qui grésillait sitôt qu'elle s'échappait des deux maigres haut-parleurs : *L'Auberge du Cheval-Blanc, Prendre le thé à deux, Poussez, poussez l'escarpolette, Va petit mousse, Je t'ai donné mon cœur...*

Et ils applaudissaient, nos amis les voisins : Madame Chambre, Madame Jougnot, Madame Gaidot, Monsieur Gonfé, Monsieur Vernet, sans oublier Monsieur Deffy. Et ils applaudissaient, des lumières plein le cœur. Devenaient filaments le temps de quelques airs et d'autant de duos. Ils se faisaient Rois mages et étoile du Berger, et moi je me voyais, Enfant Jésus grandissant au milieu de la crèche, la myrrhe, l'or et l'encens en guise d'auréole, je me voyais chantant au balcon de l'étable : *Mexico ! Mexi... iii... iii... iii... co... !*, ignorant que, quelque trente ans plus tard, je ne saurais plus, moi aussi, que chanter : *Alcoolo ! Alcoo... oo... oo... oo... lo !*

Ce que je ne fis pas. Au contraire. Je ricanais et je me moquais d'eux. Lorsque, peu avant leur mort, j'allais leur rendre visite et que je les trouvais fréquemment assis face au poste de télévision, à regarder n'importe quoi, j'avais le sentiment d'aller chez Pharaon, de pénétrer au cœur de la pyramide, et d'y voir deux momies. Je ricanais et je me moquais d'eux. Je disais alors à maman : *Salut à toi, Isis !*, et à papa : *Salut, Toutankhamon !* Je n'ai pas le souvenir que ça les ait fait rire. Du moins pas plus que ça.

Je me moquais de vous mais je ne vaux pas mieux. Il m'arrive de demeurer désormais, moi aussi, face au téléviseur, des heures immobile, à regarder des points qui bougent et qui tout en bougeant assemblent des images qui me laissent impassible, assis dans ce vieux fauteuil déchiqueté que j'ai récupéré lors de votre décès. Parfois, « dans le poste », comme disait ma mère, ils passent un match de boxe, mais c'est sans intérêt. L'ère des grands matches et des géants du ring est belle et bien finie et nous ne sommes plus, mon père et moi, assis face à Ali, à briser en sautant nos foutus accoudoirs.

Quand je regarde la télévision, de plus en plus fréquemment, hélas, quel qu'en soit le contenu, j'ai toujours une bouteille de whisky à main gauche et un petit carnet à main droite, au cas où le génie frapperait à ma porte, au cas où une quelconque image engendrerait des idées ou des mots. Mais ça se termine généralement de la même façon : bouteille à gauche, page blanche à droite, je finis régulièrement la première, rarement la seconde, et prends plus de cuites que de notes.

Souvent, alors, je m'agenouille à l'intérieur de moi, et je dis : prions pour nous, pauvres buveurs. Puis j'ajoute à voix haute : À ta santé, papa. À ta santé, Marcel, Édith, Cerdan et Piaf. Santé à

Marinette, santé à tous les spectateurs et téléspectateurs. Santé, amis du monde ! Trinquons encore, une dernière fois, à l'amitié, l'amour, la joie !

Une nuit, vautré face à mon récepteur durant l'une de ces heures d'alcool et d'ennui, lors d'une diffusion d'un de ces matches sans gloire ni panache que je regardais à peine, à un moment donné, au cours du sixième round, un des boxeurs dont j'ai oublié le nom, celui qui se trouvait dans le coin bleu et qui portait un ridicule short bordeaux orné de petites fanfreluches graciles et colorées, façon majorette ou pom-pom girl, s'est mangé un crochet du droit en pleine pointe du menton et s'est retrouvé immédiatement KO. C'est là que le commentateur sportif, tandis que l'on revoyait la chute au ralenti, s'est lancé dans une grande tirade lyrique qui s'acheva par ces mots : ... *et sous l'impact terrible, on voit le corps qui tombe de toute sa hauteur.* Je voulais noter la phrase en entier car je l'avais trouvée assez comiquement jolie, mais j'avais déjà trop bu et, le temps de chercher mon petit carnet et mon stylo qui avaient glissé au milieu des chips et des cacahuètes, c'était trop tard. Je n'ai retenu que ça : *de toute sa hauteur.* Ce qui ne veut pas dire grand-chose, *un corps qui tombe de toute sa hauteur*, mais j'ai cependant eu, en l'entendant, l'immédiate illusion d'une espèce de tour ou de monument qui s'effondrerait :

la colonne Vendôme pendant la Commune de Paris,

les tours jumelles de Manhattan, une journée de septembre,

le Sphinx de Gizeh lors d'une guerre à venir.

Un corps comme un amas de pierres, de cendres et de poutrelles ; de poussière, précisent les Écritures. Puisqu'on n'est que cela. Puisque tout ne serait que vanité. Même les victoires.

En boxe, dans les catégories de poids dites inférieures et répertoriées sous les noms de poids *paille*, poids *plume*, poids *mouche* ou poids *coq*, il existe de petits boxeurs. Nous parlons de leur taille, évidemment, et non de leur talent. Des guerriers d'un mètre cinquante, parfois moins. N'empêche qu'en cas de KO, ils tombent eux aussi *de toute leur hauteur* avec le poids de leur chair, les os à l'intérieur alourdissant l'ensemble. Et ça tombe en deux temps, petits ou grands boxeurs : squelette, puis viande. Dans un bruit de charpente et de steak. Ça tombe comme une colonne Vendôme sous les hourras de la foule, le protège-dents encore en bouche ou ce dernier ayant été, sous l'impact précédant la chute, quelque part éjecté, souvent sur le tapis, tel qu'il le fut, mon père, lors de son dernier soir, lors de sa dernière nuit, de son dernier combat, rejeté sur la moquette de sa chambre d'hôpital, rampant ensuite jusqu'au carrelage de la salle de bains sans peut-être bien comprendre le pourquoi de cette ultime reptation, simple réflexe d'oiseau mazouté, jusqu'à ce que l'arbitre, dieu invisible né de la Bible, des fables ou d'un codex, le compte du bout des doigts comme un mauvais poète compterait ses vers : 7, 8, 9, 10, out !

J'essaie, souvent en vain, de chasser cette vision, difficilement supportable, de cormoran flapi, et j'en cherche de plus belles qui m'aideraient à mieux vivre. Images d'enfance, de neige, de luge, de forge. Mais fréquemment, malgré moi, une scène apparaît et s'impose, projetée sur un écran comme si elle avait été filmée dans ma mémoire par je ne sais trop quel réalisateur, et je vois (je n'imagine pas, je vois très nettement, à pouvoir le toucher) mon père, à la maison, assis sur le siège des toilettes, les yeux dans le vague, achevant vraisemblablement de fumer une cigarette en cachette, puis jetant le mégot dans la cuvette, tirant la chasse, se reculottant péniblement, se redressant tant bien que mal en s'appuyant sur le pommeau ou sur la poignée ergonomique de sa canne. Je vois alors nettement, image par image, ce qui se passe dans sa tête lorsqu'il relève les yeux et que ceux-ci se reflètent dans cette glace oblongue collée à la porte des toilettes et dont les ans ont abîmé le tain. Et je comprends alors que malgré lui, il voit, qu'il accepte de voir, ne voulant ou ne pouvant plus s'y soustraire : son visage et son corps, cette pesanteur odieuse, ces traits parcheminés, vieillard au corps qui boite, qui déjà sur lui-même se replie, s'enfonce dans la terre, corps qui bientôt va se mettre à ramper comme un orque échoué, au-dessus d'une chambre d'hosto où jadis il naquit. Alors il contemple ses mains, ses veines, sa peau, ses yeux, ce qu'il lui reste de cheveux, il compte la somme de ses malheurs, de ses erreurs, de ses douleurs, et il arrive à peine à soixante et cinq ans.

Il voudrait marcher mais le cœur n'y est plus, les jambes pas davantage. Il reste donc immobile entre papier toilette et journaux entassés, la mâchoire un rien pendante, les yeux bordés de poches, Droopy de chair usée. Il entend une rumeur, la chasse d'eau bien sûr, dont les remous fluets réveillent en lui des cortèges de marées, et il se souvient alors des matches de boxe, des coups donnés, des coups reçus, de la foule debout, des flashs des photographes, de ce torse qu'il bombait dans les rues de la ville, ceinture autour des reins, et du théâtre, des applaudissements, de Jésus sur sa croix que lutinaient les femmes, de cette voix de miel, des chants éparpillés, du vin frais de l'été, de l'enclume, du fer chauffé à blanc que la massette tordait, façonnait en moresques et volutes pour que naissent rinceaux, arabesques et pilastres. Puis voici que surgit son enfant, impatient, sémillant, comme tous les enfants, enfant qu'il a posé sur des luges de bois, luges qu'il a tirées, traînées, sur la neige et le sable, sur les pierres et les rocs, cherchant toujours à l'asseoir au plus haut, suant, trimant, ahanant, s'y arrachant les paumes, y laissant sa jeunesse et toute sa joie de vivre, n'y comprenant plus rien à ce que c'est qu'aimer sinon qu'il faut donner et ne rien recevoir hormis coups bas, huées, javelines de révoltes qui transforment votre corps en celui d'un martyr.

Qu'il est dur d'être père, se dit-il à lui-même tandis que la bobine finit de dérouler l'ultime pellicule. Vieillir est un naufrage. Qui a tué en moi ce qui faisait ma force, cette allure innocente, ce don sacré que j'avais de dire oui à la vie ? Ce chant joyeux. Celui du forgeron face à l'enclume, du boxeur sur le ring, de Jésus sur sa croix.

# 4

Un mois avant qu'il ne meure, peut-être plus, peut-être moins, je ne me souviens plus bien – je sais juste, avec certitude, que ma mère était encore vivante, mais dans le coma depuis quelques semaines déjà –, j'étais avec mon père, à la maison. Je rangeais leur garage. Notre bric-à-brac, comme le nommait ma mère. Notre bordel, disait mon père. Disons que je le vidais davantage que je n'y mettais d'ordre, à la demande de mon père qui n'en pouvait plus de ce passé accumulé dont il n'aurait, il en était conscient, plus jamais l'usage. Depuis son fauteuil roulant, il guidait la manœuvre. J'avais loué une petite benne et je lui demandais, juste d'un signe de tête : on jette, on garde ? Et il me répondait, juste d'un signe de tête : on jette, on garde. Le plus souvent, on jetait.

Tout au fond du garage, derrière un tas de pneus si vieux qu'ils s'émiettaient d'eux-mêmes, gisait une enclume qui ressemblait à une vraie, mais presque en miniature, ou en modèle réduit. Une enclumette, a dit papa. Je croyais qu'il avait inventé ce mot pour rire. Absolument pas. *Enclumette* existe bien, dans le dictionnaire, entre *enclumeau* et *enclumot*, trois synonymes servant à désigner les toutes petites enclumes portatives, notamment de faucheurs, qui servaient surtout, jadis, à aiguiser la lame, peut-être en martelant la faux. J'ai vérifié, évidemment : *Petit Larousse illustré*, p. 368.

Dans un sac de jute, tout à côté de l'enclumette, gisaient des morceaux de charbon, ovales et ronds, nommés galets je crois, de ceux-là mêmes qu'enfants (aussi bien lui que moi) on allait chercher à la cave, avec un seau, et que l'on mettait ensuite dans le fourneau, en les tenant entre les mâchoires d'une longue pince en fer. Et au fond du sac, caché derrière le charbon : du coke, provenant manifestement de la forge, que papa avait dû conserver par simple nostalgie.

Quand il vit le coke, le charbon et l'enclumette, mon père me demanda si je pouvais le laisser seul quelques minutes. Je le savais dépressif depuis que ma mère était entrée dans son coma. J'eus, je l'avoue, un hoquet, une moue de surprise et d'angoisse. Il les lut sur mes traits et me dit de ne pas m'inquiéter, qu'il ne ferait pas de connerie, ce furent ses mots ; qu'il m'appellerait quand il aurait fini. Je lui fis confiance, il avait un air aussi désemparé que doux avec toutefois, m'avait-il semblé, au coin des lèvres, comme un brin de malice.

Il m'appela moins d'un quart d'heure plus tard. Je pénétrai dans le garage, et voici ce que je vis : papa était parvenu à se mettre debout, seul, et se tenait en équilibre, sans aucune canne. Son corps vacillait, instable, mais il tenait bon. Il souriait. Il avait entièrement noirci, à l'aide du coke et du charbon, son visage, ses mains, ses avant-bras. Il s'était recouvert de poussière de charbon. Il se courba un peu, mis ses deux bras en position de combat, tel un boxeur à l'appel du gong, et me demanda : « Je ressemble à qui ? »

Ma réponse fut aussi immédiate que sincère : « À Mohamed Ali. »

Il chuta alors lourdement dans son fauteuil, moitié assis, moitié en vrac, comme une marionnette à qui on aurait soudainement coupé les fils. Puis il releva la tête, redonna à son corps un semblant de dignité.

« Je t'avais dit, que j'y arriverais. J'ai réussi ?

— Tu as réussi, papa.

— Je ne suis pas un raté, alors ? »

Je sentis des sanglots secouer mon corps, je dus les repousser et contenir mes larmes, enfouir ces tremblements qui tentaient de m'assaillir, respirer sans frémir, calmer mes émotions, me forcer à sourire, avant de lui répondre : « Tu n'as jamais été un raté, papa, tu es mon unique Dieu, le seul auquel je crois, le seul auquel, jamais, je ne cesserai de croire. »

Il rendit l'âme quelque trente jours plus tard, dans ce petit hôpital du quartier que l'on connaît déjà, à la verticale du lieu qui l'avait vu naître, trois étages au-dessus. Son visage et ses mains étaient encore tout maquillés d'enfance ; son âme en partance s'était vêtue du souvenir d'Ali, afin de ne pas partir trop seul, afin de s'en aller vainqueur et roi du monde, pour rejoindre sa mère, pour qu'elle soit fière de lui et qu'elle puisse, surtout, enfin le lui dire.

Je mis son short sur son cadavre ; on l'enterra avec.

De ma mère et de mon père, il ne doit désormais plus rester grand-chose dans le fond des caveaux et le bois des cercueils. Je m'y connais, à dire vrai, assez peu en décomposition des corps. Je sais juste que d'aucuns, âgés de millions d'années, continuent de nous sourire de leur mâchoire osseuse par-delà limbes et limons.

De leurs vies et des nôtres, bientôt, il ne restera rien. Le temps, la pluie, les vagues, l'érosion des roches et des mémoires, l'arrogante impatience des nouveaux impétrants, l'impermanence de toute chose, la couronne shakespearienne qui passe de tête en tête, la hache ou l'échafaud, mettront tout ça à bas. Bientôt les paroles des autres, éloges ou diatribes, vérités ou mensonges, ne seront plus qu'algues, coquillages, un peu de sel séché, traces d'ongles ou de dents ayant raclé le sol, la moquette, le carrelage. Les paroles s'effaceront. Les corps suivront. On nommera ça fossiles, puisque tout en ce monde porte un nom.

Cet ouvrage a été imprimé par
CPI France
pour le compte des Éditions Grasset
en décembre 2018

*Mise en pages
PCA 44400 Rezé*

*Grasset* s'engage pour l'environnement en réduisant l'empreinte carbone de ses livres. Celle de cet exemplaire est de :
650 g Éq. $CO_2$
Rendez-vous sur www.grasset-durable.fr

PAPIER À BASE DE FIBRES CERTIFIÉES

Première édition, dépôt légal : septembre 2018
Nouveau tirage, dépôt légal : décembre 2018
N° d'édition : 20796 – N° d'impression : 2041893
*Imprimé en France*